大活字本シリーズ

火坂雅志

# 常在戦場

《上》



玉福祉会

# 常在戦場

上

装幀　関根利雄

# 目次

常在戦場

# ワタリ

# 一

戦国の世に、

――ワタリ

と、呼ばれる者たちがいた。

ワタリとは「渡り」と書き、読んで字のごとく、中世、諸国を渡り歩いた商工業民のことである。

白金《しろがね》売り

鋳物師《いもじ》
木地師《きじし》
金掘《かなほり》
などがこれにあたるが、遠隔地を行き来して取引をする商人たちもワタリと呼ばれていた。
徳川家康《とくがわいえやす》の忠臣として名高い鳥居彦右衛門元忠《とりいひこえもんもとただ》は、このワタリの出身であった。
鳥居氏はそもそも、紀州熊野三山の山伏だったといわれる。それが鎌倉の世に、三河国碧海郡《みかわのくにあおみ》渡村《わたり》（現、愛知県岡崎市渡町）に土着するようになった。
渡村は、舟運でさかえた矢作川《やはぎがわ》の西岸に位置し、

——下《しも》の渡《わたり》
という渡し場があったところである。すなわち、矢作川の舟運と陸上交通の結節点であった。

ワタリの鳥居家は、この下の渡に住み、船稼ぎ、馬借《ばしやく》などをおこなって、しだいに経済力をつけていった。

元忠の父伊賀守忠吉《いがのかみただよし》は三河領主の松平清康《まつだいらきよやす》、広忠《ひろただ》、二代にわたって仕えた。

しかし、鳥居氏にとって不幸だったのは、駿河の今川、尾張の織田という二大強国にはさまれた主家の松平家が、戦国大名としては力が弱く、清康、広忠の二代の当主が、若くして横死を遂げたことであろう。

広忠の嫡男竹千代（のちの徳川家康）は、わずか六歳にして今川家へ人質に出されることになったが、その途中、渥美《あつみ》半島の地侍戸田《とだ》康光《やすみつ》にかどわかされ、銭千貫文で尾張の織田信秀《おだのぶひで》（信長の父）に売りわたされた。

大名の子が銭で売買されるとは、信じられないような話だが、それも苛酷な乱世の現実である。

竹千代は、二年間を尾張那古屋《なごや》城下ですごした。

八歳になったとき、今川軍にとらえられた信秀の長男織田信広《のぶひろ》との人質交換によって、竹千代は今川氏の屋形のある駿府へ身柄を移された。

いずれにしろ、人質という肩身のせまい立場であることに変わりはない。

鳥居元忠がはじめて、この、世の不幸をすべて一身にせおったような若君に会ったのは、天文二十年（一五五一）、元忠十三歳のときである。

竹千代は、三つ年下の十歳。

父の忠吉が、

「そなた、駿府《すんぷ》へ行って竹千代さまのお心をお慰《なぐさ》めせよ」

と、元忠に命じ、竹千代が身を寄せている駿府城下の人質屋敷をたずねたのだった。

一目見るなり、

（おかしな顔をしているな……）

と、元忠は思った。

竹千代は身の丈《たけ》にくらべて顔が大きく、手足が短い。ずんぐりとした体に、石仏《いしぼとけ》のごとき頭がのっている。

目は大きな金壺眼《かなつぼまなこ》で、それが屈折した暗い光をたたえ、年のわりにひどく老成した爺むさい印象をあたえる。

幼いころからの人質暮らしが、この少年から、年相応の無邪気な子供らしさを奪ってしまったのかもしれない。

元忠も、背は高いほうではない。

どちらかといえば小柄で、武芸を学んでも二人の兄たちのかげに隠れ、学問でもさほどの取り柄はなかったが、足だけは自慢で、矢作川の河原を誰よりも速く駆けることができた。

誰から聞いたのか、

「そなた早足だそうだな」

竹千代がやや羨《うらや》ましそうな顔をして、元忠を見た。

「鷹狩りをしたことがあるか」

「それがしごとき、鷹を飼える身分ではございませぬゆえ」

「おれも鷹を飼ったことはない。しかし、いつか飼いたいと思ってい
る」

鷹狩りは、大名の遊びである。

飼い慣らした鷹、ハヤブサを使って、野鳥やウサギを狩猟する。鷹
狩りをするには、専門の鷹匠《たかじょう》をやとい、勢子《せこ》を用意するだけの経済力
を持たなければならなかった。人質の身の竹千代にできる遊びではな

い。

駿府での食費や生活費も、ワタリの富裕人である元忠の父伊賀守忠吉が、私財をさいて出しているほどである。

そんな事情もあり、相手が主家の若君とはいっても、元忠はどこか、最初から竹千代を嘗《な》めてかかっているようなところがあった。

「おれはモズを飼い、狩りができるように仕込んでいる。見せてやろうか」

竹千代は得意げに言った。

遠路はるばるやってきた元忠に、自分のお気に入りの玩具を見せびらかしたいという、子供心であろう。

しかし、元忠は、

（モズか……）

内心、がっかりした。

モズは肉食の野鳥である。ただし、鷹やハヤブサのような大型の猛《もう》禽類《きんるい》ではない。翼の長さ、せいぜい三寸六、七分で、トカゲやカエル、昆虫を捕食する。

捕らえた獲物を木の枝にさす習性があり、それが残虐だというので、悪鳥として忌《い》まれていた。

竹千代は、元忠の顔にあらわれた軽侮の表情に気づくようすもなく、

「七之助《しちのすけ》」

小姓の平岩七之助（親吉《ちかよし》）を呼んで、自慢のモズが入った鳥籠を持ってこさせた。

竹千代は革の擦り切れた弓懸《ゆがけ》をつけ、

「どうだ」

と、右腕にモズを据《す》えてみせた。

なるほど、よく馴らされている。だが、しょせんモズはモズである。

手足の短い竹千代が、腕にモズを止まらせた姿はひどく滑稽に見えた。

「そなたも、やってみよ」

「それがしが……」

「腕を出せ」

「……」

側近の酒井忠次《さかいただつぐ》や石川数正《いしかわかずまさ》が気をつかって、しきりに目配せをしたが、元忠は命令に従わなかった。

「どうした」

「モズを鷹の身代わりとし、それで満足しているような肝《きも》の小さきお方の命《めい》など聞きとうございませぬ」

「なに……。いま一度、言ってみよ」

「何度でも申します。大名の子がモズを飼うなど、みっともない。竹千代さまは鷹ではなく、モズになりたいのか」

「このッ！」

竹千代の小さな体が鞠《まり》のようにはずみ、自分にむしゃぶりついてきたのを元忠はおぼえている。

気がついたときには、元忠は縁側の下にはじき飛ばされ、地面に這《は》いつくばっていた。

竹千代のほうも落ちたときに切ったのか、唇のはしから血のしずくが伝い流れていた。

岡崎を出るとき、父の忠吉は、

「わしは、竹千代さまに、一族の将来を賭けている。わが鳥居家の財力と、ワタリの力を結集し、必ずや東海道筋一の弓取りに仕立ててみせよう」

と言っていたが、

(このお方は、人質暮らしのなかで、将たる者にもっとも必要な、高いこころざしを失ってしまっている。大将の器《うつわ》ではない……)

元忠は情けなくなった。

そのとき――。

ぽたり
ぽたり
と、地面の上で握りしめた拳《こぶし》に、したたり落ちてくるものがあった。

元忠は目を上げた。

視線の先に何かに耐えるように唇を強く噛みしめ、双眸《そうぼう》に涙をいっぱいに溜めた竹千代の顔があった。

その悲哀と憤怒に満ちた顔を見たとたん、

（ああ……）

と、元忠は思わずため息を洩らしそうになった。

鷹に似せたモズは、少年の唯一の心の支えだった。

竹千代は、鷹の代わりにモズを飼っていたわけではない。人に疎《うと》まれ、さげすまれながら、それでも胸をそらして高木の枝にとまり、するどい目を八方に光らせているモズの姿に、逆境に耐えているおのれをなぞらえていたのではないか。

なるほど、モズは鷹ではない。しかし、モズにはモズの意地、高い誇りとこころざしがあった。

「申しわけございませぬッ」

元忠は叫ぶように言い、竹千代の前に深々と頭を下げた。

元忠と竹千代――家康の、その五十年近くにわたる密接な主従関係は、まさに、このモズの出会いを境にしてはじまった。

## 二

竹千代はやがて、モズから鷹へと変貌していった。

十四歳で元服。

十七歳のとき、今川義元《よしもと》の命で三河寺部城を攻めて初陣《ういじん》を飾る。

その二年後、桶狭間合戦で義元が織田信長の奇襲に敗死するや、すかさず本国三河に帰還し、岡崎城を今川家の城代の手から奪還している。

名乗りも、松平元康《もとやす》とあらため、独立した大名としての地歩を築いていった。

この間、元康のそばには、つねに鳥居元忠の影があった。

「走れ」

と、元康に命じられれば、元忠はどこへでも駆けた。

生まれつき足は速い。

しかも、元忠の背後にはワタリの情報網がある。諸国を行き来する白銀売り、鋳物師、木地師たちから、元忠は刻々と移り変わる天下の情勢を仕入れ、元康の耳に入れた。

「尾張の織田信長どのとは、いまのうちから、しっかりと手を組んでおくべきでございますな」

元忠は言った。

「天下の大名のなかで、甲斐の武田氏、越後の上杉氏が最も強いと目されておりますが、なんの、将来《さき》があるのは織田どのが第一でございましょう」

「なにゆえ、そう思う」

「これでございます」

と、元忠は、一挺の火縄銃を元康に差し出した。

火縄銃は天文十二年に薩南《さつなん》の種子島に漂着したポルトガル船によってつたえられた、南蛮の最新兵器である。伝来地にちなんで〝種子島銃〟とも呼ばれたこの火器は、紀州根来《ねごろ》の鍛冶師《かじし》芝辻清右衛門《しばつじせいうえもん》によって国産第一号が造られ、のち堺商人の橘屋又三郎《たちばなやまたさぶろう》や、近江国友《おうみくにとも》の鍛冶師たちによって大量生産されるようになった。

ただし、一挺が二十貫文（約百万円）以上もする高価なもので、諸国の大名たちも、その絶大な威力には早くから気づきながら、みずからの軍勢に大量装備させている者はいなかった。その火縄銃を、織田信長は百挺近くも買い入れ、足軽に持たせて鉄砲隊を組織しているという。

尾張は濃尾《のうび》平野の高い農業生産力にささえられた上国《じょうこく》で、商業も盛んだが、それにしても、

「百挺とは……」

元忠から話を聞いた元康が、目を丸くした。

「旧来の戦法にこだわらず、火縄銃に目をつけ、それに惜しみなく金をつぎ込むあたり、織田どのはただ者ではありませぬ」

「ふむ」

「もともと、織田どのは堺の橘屋又三郎から火縄銃を買い入れておりましたが、粗製濫造との噂があり、近ごろでは、同じく堺商人の今《いま》井宗久《いそうきゅう》なる者に、火縄銃から火薬に使う焔硝《えんしょう》の納入まで、一手にまか

せておりまするとか」

「今井宗久……。聞いたことがないが」

「わが鳥居一族と同じ、ワタリの流れを汲む者でございます。近江の白銀売りの出で、目から鼻へ抜けるような才覚の持ち主。これが焔硝の取引で大儲けし、桶狭間で今川を破った織田どのに目をつけて、肩入れするようになったのです」

「ワタリが目をつけるほどの者。同盟の相手として、間違いはないということか」

「はい」

元忠は深くうなずいた。

「このわしも、そのほうどもワタリに、金儲けのいいタネになりそうだと見込まれたわけか」

元康が、酸《す》いものでも飲んだような顔をした。

「それは、少しちがいます」

「ちがう？」

「たしかに、それがしゃ父伊賀守は、あなたさまに鳥居一族の将来を賭けております」

「うむ……」

「しかし、われらは今井宗久のように、ただ武将の力を金儲けに利用しようとしているわけではございませぬ」

「と言うと？」

「夢、でございますかな」

元忠が、やや照れくさそうな顔で言った。

「根無し草のごとく諸国を渡り歩き、定まった棲み処を持たぬわれらワタリにも夢はございます。ワタリがかついだ大将を大きく育て、いつか天下を取らせたいものと……」

「天下か」

「はい」

「まこと、夢のような話だな」

元康は遠い目をした。

それはそうであろう。今川氏から独立を果たしたといっても、元康はまだ三河一国をまとめるのが精一杯の弱小大名。天下取りなど、夢にも考えられる立場ではない。

明日をどう生きるか、必死に智恵をしぼるのがやっとで、それ以上の野心など、持つべくもなかった。

「天下か……」

元康は、もう一度つぶやいた。

「大それた望みは抱かぬが、そなた死ぬまでわしを裏切らず、手助けすると約束してくれるか」

「むろんでございます」

元忠は声をふるわせながら言った。

「たとえ天下はかなわずとも東海一の大名にでもなるようなことがあったら、そなたに万石をくれてやろう」

「万石など欲しゅうはございませぬ」

「なに？」

「もしも殿を天下人に仕立てることができましたならば、それがし、渡村にもどり、矢作川のほとりに小屋を建てて、日がな一日、川を眺め、釣りでもして暮らしとうございます」

「欲がないことだ」

「なんの。この乱世、明日の命の心配せず、無心に川を眺めて日々を過ごせることこそ、まことの贅沢なのではございますまいか」

「そなたは、妙なやつだな」

元康は小鼻のわきにかすかな皺《しわ》を寄せて笑った。

いずれにしろ、このときの会話は、何ら現実味のない、ただの絵空ごとでしかなかった。それが将来、現実のものになっていこうとは、この主従は思ってもいない。

永禄五年（一五六二）、正月——。

松平元康は尾張清洲《きよす》へおもむき、織田信長と会見、同盟関係をむすんだ。

いわゆる、

——清洲同盟
である。

この同盟の成立により、信長は美濃攻めに専念でき、元康のほうも桶狭間合戦以後、すっかり弱体化した駿河今川氏の領土の切り取りに全精力をそそぐことができるようになった。

元忠は、いくさではつねに先鋒《せんぽう》をつとめた。同時に、情報をもとめて東へ、西へ、あいかわらず走りつづけている。
走っているうちに、恋に落ちた。
相手は、紀州雑賀《さいか》の地侍の娘であった。

## 三

紀州雑賀庄に、
――鈴木氏
という有力な地侍がいる。
もともとは熊野三山の神官の家柄で、のちに雑賀庄に土着し、瀬戸内海の水運を駆使した広範な商業活動によって勢力を拡大していった。


すなわち、ワタリである。

元忠の鳥居氏も、もとをたどれば、この鈴木一族の支流であった。

元忠は西国へ足を運ぶたびに、雑賀庄の鈴木家の屋敷に立ち寄り、情報収集をおこなっていた。

元忠が見そめたのは、その鈴木家の当主孫一《まごいち》の妹、

——お奈津《なつ》
であった。

背がすらりと高く、目鼻立ちのくっきりした、華やかな容貌の娘だった。元忠自身は小男だが、女はどちらかといえば大柄なほうが好きである。

元忠が雑賀庄に通いはじめたころは、まだまだ少女といっていい年ごろだったが、三年、四年とたつうちに総身から大輪のシャクヤクの

ような色香が匂いだしてきた。

元忠はすでに、親族の鳥居家広《いえひろ》の娘を妻に迎え、新太郎（忠政）という子も生まれていたが、お奈津の美しさにたちまち夢中になった。明《みん》国渡りの紅や櫛などの手土産を欠かさず届け、熱心に口説きまくり、夜這《よば》いをかけて、なかば犯すように思いを遂げた。

お奈津は、最初のうちこそ固かったが、身も心も男を受け入れだすにつれ、しだいに体の芯の奥のほうで妙音をかなでるようになった。女のやわらかな肉につつまれているとき、元忠はさながら極楽浄土の蓮の葉の上にいるような悦楽をおぼえた。

ただし、ひとつだけ困ったことがあった。

「兄に知られたら、どういたしましょう」

剛毛の渦巻く元忠の胸にすがりついて、お奈津が訴えた。

お奈津の兄、鈴木孫一は豪邁不羈《ごうまいふき》な男である。独立心が強く親分肌で、ために、まわりに人が集まり、若くして雑賀庄の地侍たちの首領にのし上がっていた。

また、商業活動で得た財力によって、鉄砲隊を組織し、

——雑賀の鉄砲
といえば、近国の大名にまでおそれられた。孫一はつねづね、

「ワタリのくせに、大名に尻尾を振るやつは好かぬ」

と公言し、三河の徳川家康（松平元康から改名）の意を受けて働く元忠に対して、どこか冷淡であった。

元忠も、そんな孫一をはばかり、お奈津との関係は人に知られぬよ

うに気をつかっていたのである。

「いつまでも、隠しとおせるものではありませぬ。あなたさまとのことを兄が知ったら、どのように怒り狂うか」

「なるようになる。孫一どのとて、鬼でも羅刹《らせつ》でもあるまい」

元忠はひらき直った。

女のおそれは、やがて現実のものとなり、二人の仲は孫一の耳にまで達した。

孫一は、

「話がある」

と、海に突き出た雑賀崎《さいかざき》に元忠を呼び出した。

冬の海風が強い。岬の上の赤松の木は、烈《はげ》しい風のせいか、地に低く枝を伸ばしていた。

「何の用か、わかっておろう」

孫一は、勁《つよ》い光をはらんだ双眸で元忠を睨みつけた。

頬に濃い髯《ひげ》をたくわえた、男くさい風貌をしている。身の丈六尺近い偉丈夫《いじょうふ》で、そこに立っているだけで人に威圧感をあたえる。

腰には小刀だけで、大刀は帯びていなかったが、銃身が黒光りする火縄銃をつねに握っていた。

「お奈津どののことか」

風に目を細めながら、元忠は言った。

「答えるまでもあるまい」

「………」

「起きてしまったことは仕方がない。いまさら、責めぬ。ただし、二度と雑賀庄へは近づくな」

「お奈津どのと別れよと言うのか」

「そうだ」

と、孫一は唇をゆがめ、

「主を持たず、おのが智恵と才覚だけで世をわたってきたワタリの誇りを忘れ、大名の狗《いぬ》となって働いているような男にお奈津はやれぬ」

「聞き捨てならぬ」

元忠は、孫一をするどく見返した。

「わしは狗ではない。家康様に、唯々諾々《いいだくだく》と従っているわけでもない。わしは、わし自身の夢を追いかけているだけだ」

「言いわけじゃな」

「なに……」

「誇りを捨てた男が何をほざいても、むなしい言いわけにしか聞こえぬわ」

「どうすれば、みとめる」

込み上げる怒りを奥歯で嚙み殺し、元忠は言った。

「そうさな」

一瞬、孫一は考え、

「きさまの頭に柑子《こうじ》の実をのせ、それをおれがこいつで撃ち抜く」

と、火縄銃をたたいてみせた。

「何と……」

「もし、きさまが目を閉じず、最後まで逃げ出さずに耐え切ることができたら、ワタリの仲間としてみとめてやろう。妹のことも、ゆるしてつかわそう」

「よかろう」

元忠は即答した。

旅先ではおとなしくしているが、合戦ともなればつねに徳川軍の先鋒をまかされ、敵陣に真っ先に飛び込んでゆく命知らずの男である。

(ここで果てるなら、それもまたよし)

と、肚《はら》をくくった。

森のなかに自生する橙《だいだい》色に色づいた柑子の実をもぎ、それを頭の上にのせて、元忠は岬の突端に立った。

「用意はいいか」

元忠から離れること、二十間《けん》（約三十六メートル）ほどのところで、孫一が声をかけてきた。

（大丈夫か……）

覚悟はしているものの、かすかな不安が胸をかすめた。

なにしろ、柑子の実は子供の拳ほどの大きさしかない。いかに孫一が、雑賀衆をひきいる鉄砲の名手とはいっても、この強風のなか、撃ち損じる可能性も十分に考えられた。

しかし、ここまで来て、もはやあとへは引けない。

「よいぞ、いつでも来いッ！」

元忠の叫びを聞いて、孫一がニヤリと唇に薄笑いを浮かべるのが見えた。

鈴木孫一は、腰につけた早合《はやごう》の蓋《ふた》を取り、火薬と鉛弾を銃身に入れると、槊杖《さくじょう》でつき固めた。火縄の先に、袖火《そでび》で点火し、樫《かし》の銃床を頬につけて狙いをさだめる。

「今生《こんじょう》のなごりに、言い残しておくことはないか」

「ないわッ!」

「では、まいるぞ」

孫一の人差し指が、ゆっくりと引き金にかかった。

海から吹き上げる風は、ますます強い。

(南無三《なむさん》……)

元忠は両目をカッと大きく見ひらき、おのれに向けられた黒い銃口を見つめた。

瞬間、

――ダンッ！

と、火縄銃が火を噴いた。

（あッ……）

と思ったときには、頭上で飛沫《しぶき》が飛び散り、酸っぱい果実の香気が岬に吹き上げる潮風のなかにただよっていた。

「よくぞ、逃げなかったッ。お奈津をくれてやるぞ」

孫一の豪快な笑い声が、雑賀崎に響きわたった。

# 四

それから、さらに時は流れた。

家康の同盟者である織田信長は、隣国美濃を平定するや、京の都へ軍をすすめ、諸国の群雄にさきがけて上洛をはたした。

一方——。

元忠の主君家康は、東へ勢力を拡大。甲斐の武田信玄と結んで今川家を滅ぼし、遠江《とおとうみ》国を占領して、遠州浜松の地に居城を移した。

「そなたの申したとおり、織田上総介《かずさのすけ》どのと手を組んでおいてよかった」

家康は元忠に礼を言った。

「なんの。気を抜くのは、まだ早すぎまするぞ」

元忠が握るワタリの情報網によれば、信長は上洛こそ果たしたものの、そのまわりは敵ばかりで、けっして将来を楽観視できる情勢ではなかった。

近江浅井《あざい》氏、越前朝倉《あさくら》氏、比叡山延暦寺、さらに一向宗の総本山石山本願寺までが、反信長の姿勢をあきらかにしていた。

(石山本願寺が敵にまわったか……)

家康の前で口にこそださないが、元忠はそのことで頭を悩ませている。

商工業民であるワタリは、その多くが一向宗徒であり、石山本願寺の庇護を受けている。元忠自身は、三河一向一揆のさいに、棄教して、家康と同じ浄土宗に改宗していたが、石山本願寺とのつながりが完全に消えてしまったわけではない。

お奈津の一件以来、義兄弟の付き合いをしている雑賀の鈴木孫一も、熱心な一向宗徒のひとりで、本願寺顕如《けんにょ》が諸国の門徒に挙兵の檄《げき》を発するや、雑賀宗をひきいて大坂の石山本願寺に入っていた。

「おまえさまも、兄上と戦うことになるのでございますか」

元忠の隠し妻として、浜松城下に身を置いているお奈津が、憂わしげに美しい眉をひそめた。お奈津もまた、門徒である。

「本願寺と刃を交えているのは、織田どのだ。われらが直接、石山本願寺を攻めるようなことは……」

「ない、と言いきれますか」

「先のことはわからぬ」

元忠は憮然《ぶぜん》とした表情で、首を横に振った。徳川家は、信長と同盟を結んでいる。信長が、家康に対して本願寺攻めの協力を要請すれば、

(孫一とは、戦場であいまみえることになる……)

心の底がヒリヒリとした。

お奈津の責めるような勁いまなざしを見ていると、元忠は自分がワタリの裏切り者であるような、そんな思いにさいなまれた。

だが、

(いまのおれには、一族のきずなよりも、夢だ……)

元忠はおのが選んだ道をひたすら突きすすんだ。

やがて、お奈津は浜松城下から姿を消した。風の噂では、兄のあと

を追って、石山本願寺入りしたという。

（仕方がない……。人にはそれぞれの生き方がある）

女を失った痛手を揉み消すように、元忠はいっそう、戦場での働きに精魂をふりそそいだ。

元忠が、家康にまかされている先鋒のつとめは、いくさのときに先陣をきって戦うだけではない。

敵を内部から切り崩すべく、調略《ちょうりゃく》をおこない、みずから敵陣近くまでもぐり込んで、斥候の役目を果たすこともあった。危険な任務だった。しかし、それだけに働きがいもあった。

反織田信長の包囲網は、さらに強化された。甲斐の武田信玄が、織田、徳川と断交したのである。武田軍は、徳川領の遠江、三河へ侵攻を開始した。

家康は必死に防戦につとめたが、元亀《げんき》三年（一五七二）、上洛をめざす信玄と遠州三方ヶ原《みかたがはら》で戦い、屈辱的な大敗を喫《きっ》する。家康は命からがら浜松城へ逃げ帰り、徳川軍は壊滅的な打撃を受けた。

このとき、ともに斥候をつとめていた元忠の弟忠広は、武田の軍勢に押しつつまれて討ち死にしている。元忠自身は九死に一生を得たが、信玄の旗本が放った矢によって軽い手傷をおった。

（わしの夢もこれまでか……）

暮色のせまる浜松城で、元忠は死を覚悟した。

しかし――。

武田軍は浜松城を囲まず、そのまま西へ向かい、三河野田《のだ》城を攻略したあと、なぜか、信濃へ兵を引き揚げてしまった。

「何があった」

家康は、元忠に調べを命じた。

元忠はすぐに信州へ飛び、ワタリの情報網を駆使して、情報をかきあつめた。

すると、驚くべきことがわかった。

「敵将信玄は、野田城攻めの陣中で病を発し、甲斐へ引き揚げる途中、信濃駒場《こまんば》の地で没しましてございます」

「まことかッ！」

「はッ」

主従は、目と目を見合わせた。

家康が元忠の肩に、静かに手をおいた。深いため息とともに、

「われらには、運があるようだな」

「まことに……。運も、力のうちにございます」

「この運を活かそうぞ、元忠」

「はッ」

なぜか、元忠の目から涙があふれてきた。家康も泣いた。ともに、死地をくぐりぬけてきた者どうしにしか、分かちあえぬ塩辛い涙であった。

## 五

信玄の死後、織田、徳川の連合軍は、武田勝頼《かつより》ひきいる武田軍を、

——長篠《ながしの》の戦い
で破った。

家康は、遠江国内に築かれていた武田方の砦をつぎつぎと陥落させ、
勢力を拡大していった。

砦のひとつ、諏訪原《すわのはら》城攻めで、元忠は重傷を負っている。

——鳥居彦右衛門元忠、斥候として諏訪原の城辺に至る。敵、元忠が猩々緋《しょうじょうひ》の羽織を見覚え、火砲を発し、腰差の団扇《うちわ》に弾二つ、腰差の鞘に弾一つあたるといえど、元忠あえて驚く容《すがた》なく進みけるが、重ねて左の股、草摺《くさずり》の動糸《ゆるぎいと》より撃ち通され、馬より落ちる。

この怪我により、元忠は足をひきずるようになり、自慢の早足を使

うことができなくなった。

家康はこれをあわれみ、

「そなたは今後、わしの前でも足をくずして座ってよいぞ」

と、元忠に平座をゆるした。

のみならず、家康は元忠に旗本十騎を含む三十騎をあたえ、あいかわらず先鋒の役をまかせつづけた。

情報力と勇武をあわせ持つ元忠以上に、安心して徳川軍の先鋒をまかせられる者はいなかった。

そのころ――。

石山本願寺に立て籠もったワタリ仲間の鈴木孫一も、織田軍を相手に奮戦している。高度に訓練された孫一の鉄砲隊は、織田の大群を寄せつけず、さんざんに苦しめた。

業を煮やした信長は、

「かの者の根城をたたけッ！」

と、紀州雑賀へ手勢を派遣。

しかし、雑賀へもどった孫一に、織田軍は二度にわたって撃退され、

――天下に雑賀ノ孫一あり。

と、おおいに勇名をとどろかせた。

（孫一め、やるわ……）

知らせを聞いた元忠は、思わずニヤリとした。

ゆく道こそ異なれ、両者には、相通じる自由闊達《かったつ》な精神が流れていた。いかなる力にも頼らず、おのが腕と才覚だけで生き抜いてきた、

ワタリの意地とでも言うべきか。

その後、石山本願寺は籠城十年にして、信長と和睦。法主《ほっす》の顕如は大坂を退去して、紀州の雑賀へ移り住んだ。

近江安土《あづち》に天下布武の城を築いた信長の勢力拡大とともに、元忠のあるじ家康もまた、その地位を磐石《ばんじゃく》なものとしていった。

天正十年(一五八二)――。

織田、徳川の両軍は長篠の戦い以来、衰退の一途をたどっていた武田へ総攻撃をかけた。

武田勝頼は、天目山《てんもくざん》の麓で自害。

家康は武田攻めの功により、それまでの三河、遠江にあわせ、武田の旧領駿河国を手に入れ、東海三ヶ国の領主となった。

「殿は、東海一の弓取りじゃ」

さすがの元忠も、感慨深いものがあった。あのモズを飼っていた少年が、ついに正真正銘の鷹になった。

家康は、

「約束どおり、そのほうに万石を与えよう」

と言ったが、元忠は、

「いりませぬわ」

と、断った。

「万石が欲しくて、いままで働いてきたわけではござりませぬ。殿を漢《おとこ》にするため、道を駆けとおしてきただけ」

元忠は浅黒い小作りな顔を、ニヤッとほころばせた。

じっさい、元忠の背景には、家康からの知行に頼らなくても十分なほどの経済力があった。

元忠の一族に、鳥居浄心《じょうしん》という一向宗徒がいたが、

「分際宜《よろ》しき買人」（『永禄一揆由来』）

「農商を業とする富裕の者」（『三州一向宗乱記』）

などと、古書にしるされているほどの財力を持っていた。

武田攻めのあと、信長は、

「安土城を見にまいれ」

と、家康を安土に招待した。

家康は、鳥居元忠をはじめとする供まわり五十余騎を従え、東海道をのぼって安土に入った。

信長は、重臣の明智光秀を饗応役に指名して、家康一行をおおいに歓待した。

饗応は連日つづいたが、その間、備中高松城攻めにあたっていた羽柴秀吉から援軍要請が届いたため、信長はこれに応じ、急ぎ、中国筋へ出陣することになった。

「せっかく安土まで来たのだ。徳川どのは、ゆるりと上方見物でもし、羽根をのばして帰られたがよかろう」

信長の強いすすめで、家康は京を見物。さらに泉州堺まで足をのばして、今井宗久、津田宗及《つだそうきゅう》ら、堺の有力商人たちの茶会に顔を出した。

家康が変事を知ったのは、その堺滞在中のことである。

「明智光秀、謀反ッ、織田どの、本能寺にて自刃」

一報を、いちはやく家康のもとへもたらしたのは、鳥居元忠であった。

元忠は、

「明智に奇怪なる動きあり」

との情報を、愛宕山《あたごやま》の山伏長床坊を通じてひそかにつかみ、京商人の茶屋四郎次郎の屋敷にとどまって、さらなる情報収集をおこなっていた。

元忠のワタリの情報網がいかにすぐれていたかは、家康が堺代官の松井友閑《ゆうかん》や堺商人の誰よりも早く、信長の死の事実をつかんだことでもわかる。

それからの家康の行動は迅速だった。

堺から伊賀越えをおこなって危地を脱し、領地三河へ逃げ帰るや、たちまち軍勢をととのえて、信濃、甲斐の二ヶ国を攻め取っている。元忠の情報がなければ、家康は領土を拡大するどころか、本能寺の変の混乱のなかで、横死していただろう。

「また、おまえに助けられたな」

家康は少し顔をゆがめ、笑わずに言った。

六

信長の死後、山崎合戦、賤《しず》ヶ《が》嶽《たけ》合戦をへて、世は羽柴秀吉あらため、豊臣秀吉の天下と定まった。

家康は小牧・長久手の戦いで秀吉と一戦まじえたものの、豊臣政権に加わる道をえらんだ。正面から決戦を挑んで白黒つけるよりも、秀吉にみずからを高く売りつけたほうが得策と判断したためである。長い歳月をへて、家康は老獪きわまりないしたたかな政治家に変貌していた。

天正十四年、十月――。

家康は秀吉に臣従の挨拶をするため、大坂城へ出向いた。

このとき、秀吉は朝廷にはかり、家康の功臣たちの多くを諸大夫《しょだいぶ》(五位の侍)に取り立てている。

しかし、鳥居元忠ひとりは、

「わしは生涯、無位無官でよい。官職など、ワタリに似合わぬわ」

と、これをはねつけた。

元忠は、腹を立てていた。

駿府人質時代からの家臣で、徳川家の家老だった同僚の石川数正が、人蕩《ひとた》らしの名手である秀吉に一本釣りされ、徳川家を去り、和泉一国十万石を与えられている。

元忠にも、秀吉のもとから、

「わが家臣になれば、十万石どころか、二十万石をくれてやってもよいぞ」

と、誘いの手が伸びた。

元忠は、

（禄高や官職に目がくらむとは、愚かなやつよ。人は、何のために生きている。諸大夫になるためか。人に尻尾を振って、一国一城のあるじになるためか。そうではあるまい……）

と、思った。

（夢よ）

男は、夢のために生きている。こころざしと言いかえてもいい。それなくして、栄耀栄華を得ても、何の人生であろうか。

こころざしを失うくらいなら、

（もとの矢作川のワタリにもどったほうがましだ……）

元忠のこころざしとは、すなわち、家康を真の鷹になすことであった。

元忠の心を動かすことかできなかったため、秀吉はやむなく、嫡男の鳥居忠政のほうに手を伸ばし、従五位下左京亮《じゅごいのげさきょうのすけ》に叙任させ、豊臣の姓まで授けて豊臣政権への取り込みをはかった。

秀吉も、いまやワタリを束《つか》ねる鳥居氏の重要性を、十分に認識していた。

「莫迦《ばか》めがッ！」

上方に駐留している息子の任官を聞いたとき、元忠は苦い顔で吐き捨てた。

何も望まず、ただ夢のみを追いつづけた元忠であったが、小田原北条攻めのあとの徳川家の関八州への国替えにともない、家康から下総《しもうさ》国矢作《やはぎ》郷（現、千葉県香取市）に四万石をたまわった。

矢作郷一帯は、舟運《しゅううん》の要衝である。

銚子から入り組んだ香取《かとり》ノ浦が、入江、川、沼に複雑に枝分かれし、

――あずまの広潟《ひらかた》
なる、広大な水郷地帯を形作っていた。

その水郷の往来には、舟運が欠かすことができず、

「家船《えぶね》の民」

とも、

「湖族《こぞく》」

とも呼ばれる、船稼ぎのワタリが多く棲み着いていた。

矢作郷は、香取神宮にもほど近く、古くよりさかえた繁盛の地であった。

(何かの縁か)

元忠は、矢作という郷名に、故郷三河の渡村を流れる矢作川を重ね

合わせた。

じつは、関東入りした家康は、江戸湾にそそぎ込んでいる利根川の流路を変えて、香取ノ浦から銚子にそそぎ込ませ、奥州より海路運んできた産物を、江戸へ直接、川船で大量輸送させようという壮大な構想を抱いていた。房総半島の沖は、風波が強く、航海がきわめてむずかしかった。

「利根川の工事が成るも成らぬも、そなた次第だ」

家康は鳥居元忠に、大仕事をたくした。

さっそく、元忠は香取ノ浦を眼下にのぞむ小丘陵の上に城を築くことを決めた。

香取ノ浦のかなたには、常総《じようそう》二州を一望することができた。筑波山の稜線が紫色の裾を引きながら美しい姿を見せている。

丘の上には、かって地侍が築いた、

——岩ヶ崎城
という砦ほどの小城があったが、元忠はこれを取り壊し、縄張をあらためて築城に着手した。

（ワタリの城だな）

生まれてはじめて築くおのが城に、元忠の胸は、年甲斐もなくときめいた。

（城下には、舟入《ふないり》をもうけよう。近郊のワタリを集めて、あきないを盛んにさせよう……）

元忠の夢はさまざまに膨《ふく》らんだ。

工事は順調にすすんだ。本丸、二の丸の水濠と石垣ができ、白壁の三重櫓《やぐら》が姿をあらわしはじめた。

そのようなとき――。

太閤豊臣秀吉が死んだ。

京大坂の情勢はにわかに緊迫し、風雲急を告げはじめた。

## 七

「上方へ来い」

家康から急使がやって来た。

築城工事をそのままにして、元忠は家康のいる伏見へ駆けつけた。

豊臣家の跡目は、わずか六歳の秀吉の遺児、秀頼が継いでいた。これを補佐するのは、五奉行筆頭の石田三成である。

しかし、三成には人望がなく、大名たちの心は、いまや天下第一の実力者で、

——律義者《りちぎもの》
との評判高い、五大老筆頭の徳川家康に移っていた。

「ここが天下への分かれ目だ」

家康は、元忠の目を見て言った。

元忠は何も言わず、あるじの目を見つめ返して、深くうなずいた。

家康は、会津の上杉景勝討伐を名目に軍をもよおし、東国へ下った。

そのとき、鳥居元忠は家康の命で伏見城に残った。家康の不在中、西国の情報を探り、遠征の陣へ報じるためである。

元忠は、ワタリの情報網を使って石田三成と諸将の動静を調べ上げ、家康のもとへ逐一、報告を送りつづけた。それはまさに、家康の天下取りを決める重要な役目であった。

家康が上方を留守にしているあいだに、石田三成が挙兵。西国大名の宇喜多秀家《うきたひでいえ》、毛利輝元《もうりてるもと》、長宗我部盛親《ちょうそかべもりちか》、島津義弘《しまづよしひろ》らがこれに応じて立ち上がった。

伏見城の元忠は城兵千八百とともに、敵の大軍にかこまれて孤立した。

（華々しくもあるかな……）

元忠は、城外を埋め尽くした八万の敵勢を眺めて、かるく口笛を吹いた。

人の一生が、一炊《いっすい》の夢であるとするならば、これほど華麗で、賑やかな夢もあるまい。

（この者どもはみな、わしの首を取るために集まっているのだ……）

人はいつか死ぬ。やがて死するものならば、華やかに散るのが、武者の、いや、生涯にわたり蓬蓬《ほうほう》たる荒野を駆けまわってきた男の本望というものであろう。

「者どもッ、汝《なんじ》らのなかで命を惜しむ者があらば、いますぐ城を出よ。残る者は、君恩のために屍《しかばね》を戦場にさらし、武門の名誉となる覚悟を定めよ」

元忠は、城兵たちと酒を酌《く》み交わし、惜別の宴《うたげ》をひらいた。

やがて、西軍方の猛攻撃がはじまった。

鳥居元忠を大将とする城方は、敵勢を寄せつけず、十日以上にわたってしのぎつづけた。しかし、松ノ丸を守備していた甲賀者が、敵に内応して火を放つにおよび、伏見城の堅い守りもついに崩れはじめた。

松ノ丸が落ち、続いて名護屋《なごや》丸、三ノ丸、二ノ丸が落ちた。

さらに、本丸の天守が炎上してもなお、元忠は手勢とともに、千畳敷御殿に立て籠もって激烈な抵抗をつづけた。

落城は、もはや目前である。

しかし、元忠は、

(最後の一人となっても、戦いつづけてくれよう……)

六十二歳の老いた体に鞭《むち》打《う》ち、大薙刀《おおなぎなた》を振るって戦いつづけた。

戦っているうちに、手の指が欠け、右の膝に深手を負った。全身、朱に染まり、息をしていることさえ苦しくなった。

石段に腰かけ、呼吸をととのえていたとき、

「彦右衛門ッ！」

近くで声がした。

振り返ると、黒糸縅《くろいとおどし》の甲冑に緋色《ひいろ》の陣羽織をつけた敵がそこに立っていた。

元忠は、大薙刀をかまえた。

「わしだ、孫一だッ」

「おお、雑賀の……」

「まだ生きておったか」

男はワタリの鈴木孫一だった。

孫一は石山本願寺と信長の講和が成ったあと、諸国を放浪し、いかなる縁か豊臣家に仕えるようになっていた。

「火はすでに天守におよんでいる。勝敗は決したぞ」

「わかっておるわ」

「昔なじみのよしみで、わしが介錯《かいしゃく》をしてやる。自刃せいッ」

突盔兜《とっぱい》の奥の、孫一の髯づらがゆがんだ。自刃をすすめるのは、この男なりの、長年の交誼のあかしであろう。

「そなた、鉄砲の腕はたしかだが、刀は使えるのか」

「莫迦にするな」

「では、まかせるとするか。さすがに疲れたわ」

元忠はかすかに笑うと、千畳敷御殿の広縁に上がり、鎧を脱ぎ捨て、腹を十文字にかき切った。

かき切ったあとも、なお意識ははっきりしており、

――拳をにぎり左右の膝におさめ、雑賀に向かいて、はや首取れというう。孫一すなわち介錯して、その首を得たり。

と、『鳥居家中興譜』はしるしている。

伏見落城の一月半後――。

徳川家康は、関ヶ原合戦で石田三成ひきいる西軍を破り、天下の覇権を手にした。

家康は、

「鳥居彦右衛門の功、大なり」

として、戦後、元忠の知行四万石に六万石を加え、息子の忠政に陸奥磐城平《いわきたいら》十万石を与えた。その後も、忠政は父の勲功により、たびたび加増を受け、出羽山形城主二十二万石の大封を得ている。

一方で、家康は亡き元忠のことを、

――ゆからぬ者

と、評している。ゆからぬ者とは、油断のならない者、あるいは抜け目のない者という意味であろう。

経済力を持ち、あらゆる情報を握っていた鳥居元忠は、家康にとってかけがえのない存在でありつつも、まさに、ゆ、か、ら、ぬ、者にほかならなかった。

# 井伊の虎

徳川家康の股肱《ここう》の家臣といえば、
酒井忠次
本多忠勝
榊原康政
井伊直政《なおまさ》
の名があげられる。彼らは徳川軍団の中核をなし、「四天王」と世に謳《うた》われる男たちである。

そのうち、酒井、本多、榊原の三人は、いずれも家康の本国三河出身の、いわゆる三河武士である。しかし、井伊の赤鬼と言われ、その勇猛さで知られた井伊直政のみは、三河の東隣の遠江《とおとうみ》国の出であった。すなわち、家康を草創期からささえた三河武士たちにとって、井伊直政は〝外様《とざま》〟と言っていい存在だった。

四天王のひとり、本多忠勝は直政のことをこう評している。

「直政は戦場で、つねに重い甲冑《かっちゅう》に総身をつつんでいる。身を守ろうというのであろうが、それは逆だ。やつが傷を負うことが多いのは、甲冑が重過ぎるからだ。わしのごとき身軽な装備で戦いにのぞめば、かえって傷を負うことはないものを」

競争心《ライバル》が言わしめるのか、やや皮肉な言葉である。本多忠勝自身は生涯五十七度合戦にのぞみ、毛筋ほどの傷も受けたことがないのが自慢であった。

これに対し井伊直政は、たしかに本多忠勝の言うとおり全身傷だらけであった。

だが、井伊直政には、直政の言い分があったのではないか。

「自分は三河者ではないゆえ、つねに最前線に立ち、人よりも抽《ぬき》んで出て武功を挙げなければならなかった。傷はいくら負ってもよいのだ。自分を育ててくれた直虎《なおとら》の期待にこたえ、井伊家再興を果たすためには、断じて死ぬことだけはならなかった。それゆえの重装備にほかならぬ」

幼くして父をなくした井伊直政を、一人前の男に育て上げたのは、養父の井伊直虎なる武将である。

この直虎、じつは男ではなく、女であった。

井伊家存続のために女から男に身を変じ、井伊家を滅亡の淵から救ったのである。

だが、彼女の存在は井伊家では秘事とされ、その名はおおやけの系図にはしるされていない。

一

遠州井伊谷《いいのや》は、水の国である。

遠州灘の海岸から四里あまり内陸へ入った井伊谷は、外界の喧騒とはまったく無縁の、緑深い山々に抱かれた桃源郷《とうげんきょう》のごとき小盆地といっていい。
古く、この地は、
――井《い》の国
と呼ばれた。
文字どおり水が豊富で、清らかな井戸や泉がことのほか多い土地、といった謂《いい》である。
水が豊かということは、人が暮らすのに適した条件を備えているということである。事実、井伊谷には四世紀半ばから、
北岡大塚古墳
馬場《ばんば》平《ひら》古墳
谷津古墳

といった、古代の権力者である井の国の大王たちの墳墓が相次いで造られた。

この肥沃の地、井の国に、はじめて井伊氏が姿を見せたのは平安の世のことであった。

遠江国司藤原共資《ともすけ》の養子共保《ともやす》が、井伊谷に土着。城山の地に居館を構えて、井伊氏を名乗ったのがはじまりとされる。

以来、井伊氏は遠江国の代表的な国人領主として、井伊谷に連綿と長い歴史を刻んできた。

南北朝時代、井伊氏は南朝方に味方し、後醍醐《ごだいご》天皇の皇子宗良《むねよし》親王を支えて、北朝方と戦った。

諸国を転戦した宗良親王が、この地を拠点にしたのは、やはり井伊谷の独立国の如き地理的条件と、井伊氏の経済力が背景にあったためだろう。

宗良親王を奉ずる井伊氏は、足利一門につらなる北朝方の今川氏と激しく争うようになり、犬猿の仲になっていく。

しかし、戦国の世になり、今川氏が守護大名として力をたくわえ、本拠地の駿河を中心として、遠江全域、さらには三河にまで勢力を拡大していくようになると、時勢の流れには逆らえず、遠江国人の井伊氏も今川氏に帰属するようになった。

だが、父祖の怨念とは恐ろしいものである。

今川氏はかつて南朝方に与《くみ》した井伊氏を信用せず、井伊氏もまた、旧北朝方の今川氏に心から従ったわけではなかった。

そうした時代――。

井伊谷で、一人の姫が産声を上げた。

父は井伊直盛《なおもり》。井伊家の第二十二代当主である。

直盛は気性の温和な男で、戦国乱世を生き抜く武将としてはやや覇気にとぼしかったが、連歌、舞に堪能な、当時としては一流の教養人であった。

世継ぎの男子がなかった直盛は、はじめての子であるこの姫を、

――お直《なお》
と名づけて溺愛した。

井伊谷の水で洗われるように、直姫は美しくすこやかに成長していった。五歳のとき、姫を生んだ母が流行病《はやりやまい》で亡くなったが、直盛は後《のち》

添《ぞ》えを迎えず、その後は独り身をとおした。

母のいない直姫に、父直盛は酒が入ると口癖のように言うことがあった。

「よいか、お直。そなたは、この井伊谷の水のように生きよ」

「水のようにとは、どういうことでございます」

幼いながら、利発な目をした直姫は父に向かって聞いた。

直盛は土器《かわらけ》の酒を一息にあおり、色白の目元を赤くして言った。

「水は形があってなきものだ。あるときは深山《みやま》の清水となって里の田畑をうるおし、またあるときは大河となって滔々と海にそそぐ。雨になって洪水を起こすこともあれば、氷柱《つらら》となって軒先から下がることもある。しかし、その大元《おおもと》はひとつ。どのような姿に変じようが、水は水じゃ。人もそれと同じ。この先、みずからの拠って立つところがどれほど変転しようと、そなたはそなたのままであれ」

「わたくしのままで……」

「そうじゃ。そして、いかなることがあろうとも、この井の国を、井伊家を守りぬくのだ。それが、井伊の宗家に生まれたそなたのつとめにほかならぬ」

「わかりました、父上」

疑うことを知らぬ幼い直姫は、真剣なまなざしで父を見つめてうなずいた。

直姫に婚約の話が持ち上がったのは、彼女が八歳のときである。

父直盛には幼い直姫のほかに子がなく、井伊家存続のためには、娘にしかるべき婿を迎えて家を継がせねばならなかった。

直盛が白羽の矢を立てたのは、同じ井伊家の一門で、直盛の叔父直《なお》満《みつ》の息子の亀之丞《かめのじよう》である。

亀之丞は直姫よりも一歳年上で、一門の結束をはかるうえでも、婿にするには格好の相手であった。

婚約を機に、亀之丞は元服《げんぷく》し、

――直親《なおちか》
と、名乗りをあらためた。

直親は眉目秀麗な少年で、馬術がことのほかうまい。若駒を自在に乗りまわし、井伊家の詰めの城のある三岳《みたけ》山の中腹まで登ることもあった。

幼いとはいえ、女は生まれながらにして女である。

直姫は、父のいとこにあたる直親を、

(このお方こそ、死ぬまで添い遂げる運命の夫……)

と思いさだめ、ひとりの男として強く意識するようになった。

一方、直親のほうは、これまでどおりの幼馴染の領域から踏み出す気配はない。

実父直満に連れられ、井伊本家の居館に遊びに来ても、川狩りや近在の子供たちとの相撲に興ずるばかりで、いっこうに許婚《いいなずけ》らしいところがない。

あるとき、直姫は直親を誘い出し、屋形の近くの渭伊《いい》神社の裏山へのぼった。あたりは、昼なお暗い杉木立につつまれている。

裏山には、井の国の大王が井戸の水を汲み上げて聖水祭祀をおこなったと伝わる磐座《いわくら》があり、苔におおわれた巨石が累々と横たわっている。ただそこにたたずんでいるだけで、背筋が引き締まるような霊妙な雰囲気が、あたりにただよっていた。

その磐座の前で、直姫は長い睫毛を伏せ、やや思いつめた面持ちで言った。

「わたくしは、あなたさまの妻です」

「まだ正式な祝言《しゅうげん》をあげたわけではない。それまでは、そなたと私は許婚だ」

聡明で年よりもずっと大人びている直姫に比べ、直親の表情は霞がかかったようで、まだ子供こどもしている。

「それでも、いずれは夫婦《めおと》になります」

「それはそうだ」

「直親さま、井伊谷の神にお誓い下さいませ」

「何を誓えばよい」

「わたくし一人を生涯の妻とし、ほかの女子《おなご》には目もくれぬと」

「何を言い出すかと思えば、そのようなつまらぬことか」

「つまらぬことではございませぬ。わたくしは真剣です」

直姫は怒ったように、色白で端正な顔立ちの許婚を見つめた。

その強い視線にたじろいだのか、

「わかった、わかった……。約束しよう。私の妻はそなただけだ」

直親が言った。

「嘘ではありませんね」

「ああ、神に誓う」

「まことに」

「これが誓いのしるしだ」

直親が足元に咲いていた渋川白菊《しぶかわしろぎく》を手折って、姫に差し出した。渋川白菊は遠州の山間地に咲く花である。

その白い清楚な花を両手で抱くように受け取り、

「嬉しゅうございます」

直姫はようやく安心したように、にこりと笑った。

## 二

井伊家の重臣に、小野政直《まさなお》という人物がいる。

小野家は、草創期から井伊家に仕えてきた古い家柄で、政直は家老の重職にありながら、今川家との関係が深かった。

今川家の力を楯にして、家中での発言力がきわめて強い。どうかすると、主君の直盛でさえ、政直に遠慮するところがあった。

小野政直は、ゆくゆく井伊宗家の後継者となる直姫の婿について、独自の考えを持っていた。

(姫君の婿は、今川一族のうちから迎えるのがよい……)

そうなれば、これまで何かとぎくしゃくしていた井伊、今川両家の関係は改善され、仲を取り持つ自分の力もよりいっそう強化されることになる。あわよくば、今川家から来た婿と直姫をあやつり、井伊家そのものを乗っ取ることも夢ではなかった。

一方、今川家のほうも、目障りだった井伊家が、一族を送り込むことで完全に支配下に組み込むことができるとなれば、縁組に否《いな》やがあろうはずがない。

小野政直はさまざまな人脈を使って今川家側に根回しし、すでに内諾まで取り付けていた。

ところが、この政直の動きに対し、主君直盛の叔父にあたる井伊直満と直義《なおよし》が真っ向から異をとなえた。

「今川から婿を取ることなどできぬ。そのようなことをすれば、この井伊谷の独立が踏みにじられてしまう」

家老小野政直の専横に、以前から危機感を抱いていた直満、直義は、迷っている直盛を説き伏せ、直満の息子と直姫を娶《めあ》わせて井伊宗家を継がせることに同意させた。

直姫と直親の婚約の背景には、一族生き残りのための政治的な事情があった。

だが、おもしろくないのは、小野政直である。

この婚約により、今川家に働きかけをおこなってきた自分の顔は丸潰れとなった。のみならず、このままでは井伊家に対するおのれの影響力も弱まってしまう。

(何とかせねば……)

思案したうえ、政直は一計を案じた。

主君に無断で、ひそかに駿府へ出向き、今川家当主の義元《よしもと》に会って、その耳に容易ならぬことをささやいた。

「井伊の一門、直満、直義兄弟は、今川家に対して謀叛をくわだてております」

「謀叛じゃと」

義元は、京の公卿をまねて白粉《おしろい》で薄化粧した顔をしかめた。

公家の中御門《なかみかど》家の娘を母とする今川義元は、京文化への憧れが強い。連歌《れんが》や蹴鞠《けまり》を愛好し、駿府城下には戦乱を逃れて京から下ってきた公卿たちを住まわせていた。

「事実とすればゆゆしき話じゃ。のう、雪斎《せっさい》」

今川義元は、かたわらに影のごとく控えている黒衣の僧侶にちらりと目をやった。

「まことに」

とうなずいたのは、義元の軍師をつとめる太原《たいげん》雪斎である。

雪斎は義元が幼いときから師僧、すなわち教育係をつとめ、義元の家督相続とともにしだいに発言権を強めて、いまでは今川家の内政、外交、軍事、すべてを牛耳《ぎゅうじ》るようになっている。この黒衣の男なくしては、今川家の今日の隆盛はない。

冷徹な参謀の太原雪斎は、この小野政直の訴えを、遠州支配に邪魔な井伊家の力を弱める、またとない、

——好機

と、捉えた。

「井伊家の家老が、かように申し立てておるのです。あながち根拠のないこととは申せませぬ。早速に井伊直満、直義の両人を駿府へ呼び出し、ことの真偽をただすべきでございましょう」

「雪斎もさように思うか」

「はい」

「されば」

と、今川義元は下段ノ間に這いつくばる小野政直を睥睨《へいげい》するように見下ろした。

「ただちに井伊谷へ立ちもどり、直満、直義兄弟に、駿府へ申し開きにまいるよう申し伝えよ」

「承知つかまつりましてございますッ」

板敷に額を擦りつけながら、小野政直はしてやったりとほくそ笑んだ。

命を聞いた井伊直満、直義は、くわしい事情を何も知らぬまま駿府へ出向いた。今川屋形へ着くなり、問答無用で捕えられ、詮議もそこそこに処刑された。

小野政直が姦計の標的としたのは、直満、直義だけではない。

直姫の許婚、将来の井伊宗家を継ぐことが約束された直満の息子の直親にも、ひそかに刺客を差し向け、亡きものにせんとした。

しかし、直親は近臣のとっさの機転で、辛くも難を逃れ、井伊谷を脱出して、いずこへか行方をくらました。

その後、生きているか死んでいるか、直親の消息はふっつりと途絶えた。

突然の事件で許婚を失った直姫は茫然とした。わが身に降りかかったことが信じられない。

ついこのあいだまで、直親は自分のために花を摘み、はにかんだように微笑みかけてくれたではないか。

それが、

(どうして……)

しかし、直姫も乱世に生をうけた武家の姫である。取り乱して涙にくれるようなことはしない。

「わたくしは、直親さまがどこかで生きておいでと信じております」

直姫は父に言った。

「必ずや、あのお方は井伊谷に帰っておいでになる。その日まで、わたくしはここで直親さまを待ちます」

「わしとて思いは同じだ。だがのう、姫。じっさい、生きているのか死んでいるのかわからぬ者を、世継ぎの座にとどめておくわけにはゆかぬ。早々に直親の代わりの婿を決め、家中の者どもの動揺を抑えねば、井伊の家がおさまらぬ」

「小野政直が、今川家から婿を迎えよと言っているのでありましょう。わたくしは、かの者が嫌いです」

「これ、姫」

直盛は声をひそめた。多少の目にあまる振る舞いはあっても、直盛は今川家とのつながりを持っている家老の小野政直を頼らざるを得ない。直満、直義という一族の重鎮を、謀叛の疑いで処断されたいまとなっては、なおさらであった。

「わたくしの夫は、直親さまただ一人にございます。家中がおさまらぬというなら、直親さまがおもどりになるまで、わたくしがあの方の代わりをつとめます」

直姫は気丈に言い放った。

直親の行方が知れぬまま、いたずらに月日は過ぎていった。

その間、直姫は小野政直がすすめる今川一族との縁組を頑として断りつづけた。一方で、馬術や弓術、薙刀《なぎなた》の稽古に励み、百戦錬磨の男たちと伍して生きてゆく強さを身につけていった。

（たくましくあらねば……）

胸の奥に秘めた直親への思いが強ければ強いだけ、直姫はなおいっそう、自分に厳しく言いきかせた。

やがて――。

直親の失踪から十一年の歳月が流れたある日、

「直親さまは生きておわすらしい。それも遠江国内の奥山家のもとで」

との風聞が、井伊谷の里に流れた。

当主直盛は、さっそく奥山家に人を遣わして真偽のほどを調べさせた。すると、噂はまぎれもない事実であることがわかった。

# 三

「姫よ、しかと聞け」

館の居室に娘を呼び出し、井伊直盛がいつになく厳しい顔つきで言ったのは、使者よりの報告が届いてから三日ほどのちのことである。

「そなたの許婚であった直親は、信濃との国ざかいに近い土豪奥山家のもとに匿《かくま》われておることがわかった」

「まことにございますか」

直姫は顔を輝かせた。

「直親は、いったん信濃国へ逃れたが、その後、遠江国へ密かにもどり、縁をたよって奥山家に庇護されていたらしい」

「ありがたいことにございます。やはり、直親さまはご健在だったのでございますね」

「うむ……」

とうなずきながら、直盛がかすかに翳《かげ》りのある表情をみせた。だが、喜びに震える直姫は、父の微妙な目の色に気づかない。

「お待ち申し上げていてよかった。さっそくに、奥山家から直親さまをお迎えなされるのでありましょう」

「そのつもりではあるが、しかしいささか、困ったことがあってな」

「困ったこと？」

「ああ」

「何でございます。もしや、どこかお体の加減でも悪いのでは」

「そういうことではない」

直盛は首を横に振った。

「じつは、直親は十一年前、今川家とはかって直満、直義を謀殺し、おのれに刺客を送ったのは、このわしではないかと疑っておる」

「それゆえ、これまで何の音沙汰も……」

「むろん、さような疑いは事実無根じゃ。あれは不幸な出来事であった」

直盛はすでに、一件が家老の小野政直のはかりごとであったことをうすうす感づいている。自身はあずかり知らぬことではあったが、今川家との関係をおもんぱかり、首謀者である政直を処断できずにいることも、また事実であった。

「誤解は会って話せば解けることでございます。何としても、直親さまを井伊谷にお呼びもどし下さいませ」

直姫は、必死のまなざしで父に訴えた。

「そなたの申すとおり、なるほど話せば誤解は解けるやもしれぬ。だがもうひとつ、そなたにも覚悟しておいてもらわねばならぬことがある」

「覚悟……」

「生きてゆくため、直親は奥山家の娘を妻に娶《めと》ったのじゃ」

「妻を娶った……。直親さまが」

「長年、許婚を待っていたそなたにとっては、聞き辛い話やもしれぬ」

直盛がため息をついた。

奥山家に匿われた直親は、人目をしのびながら同家で成長した。遠州で名家としてつづいてきた井伊家の血を引く直親は、奥山家の者たちにとっては、

――貴種

と映ったのだろう。

やがて、奥山家の当主は直親をおのが娘と娶わせ、婿とした。二人のあいだには、すでに長女も生まれ、夫婦仲はすこぶるうまくいっているという。

まさしく、直姫には辛すぎる現実であった。

ひたすら初恋の男を信じて待っていた、長い歳月はいったい何だっ

たのか。あまりのことに、涙さえ出なかった。

「直親が奥山家の娘を側室にし、そなたを正室にするとでも言い出さぬかぎり、この縁組は破談とするしかない」

「父上」

「縁がなかったと思うしかあるまい。直親のことはあきらめよ」

「わかっております。されど……」

「ともあれ、直親は生きておったのじゃ。いまとなっては、井伊家の血を引く大事な男子《おのこ》。そなたの心の整理さえつけば、わしは直親の誤解を解き、わが跡取りとして、あらためて井伊谷へ迎えるつもりだ」

冷厳な父の声が、直姫の耳に哀しく響いた。

直姫の父直盛は、乱世の武将としては覇気にとぼしい男だが、それでも家を残さねばならぬという、みずからに課された使命は肝に銘じている。

面従腹背《めんじゅうふくはい》という言葉がある。

表面は従っているふりをしながら、心の奥底ではいつ相手の喉笛を食い破ってもよいように牙を剝いている。年来、対立してきた今川家と井伊家の関係が、まさしくそれであった。

直盛は、獅子身中の虫である小野政直を排除せず、今川家の監督下にあるように見せかけながらも、守るべき最後の一線、井の国を統《す》べてきた井伊家の誇りだけは失っていなかった。

「井伊の血筋を引く直親を跡取りにすることで、今川家に対し、わしはおのれの意地をつらぬきとおす。娘の心を踏みにじる非情な父と、罵《ののし》るなら罵ってもよいぞ」

直盛の双眸《そうぼう》には、かすかに光るものがあった。その井伊家のゆくすえを思う父の真情は、直姫の胸にもひしひしと伝わってきた。

「わかりました」

直姫は父を見つめた。

「わたくしも井伊家の娘です。父上のお気持ち、しかと受け止めましてございます」

「姫……」

「直親さまと奥方を、この井伊谷へお迎え下さいませ」

「そなたは何とするつもりじゃ」

「直親さまに定まったお方がいる以上、わたくしは井伊の居館に身を置くことはできませぬ。仏門に入ることをお許し下されませ」

「出家か」

「それよりほかに、わたくしの生きる道はございませぬ」

直姫は父の前に両手をつき、深々と頭を下げた。

直姫の悲壮な決意を受け、井伊直盛は直親を正式に養子とし、井伊谷へ迎えた。直盛は、直親のため、井伊家の居館から一里ほど離れた祝田《ほうだ》の地に、新館をもうけた。

直親とともに、その妻と娘も新館へ入ることとなった。

かつての許婚を迎える祝いの宴をよそ目に見て、直姫は住み慣れた居館をひっそりとあとにし、大叔父の南渓《なんけい》和尚が住職をつとめる龍潭《りょうたん》寺《じ》に身を寄せた。

# 四

龍潭寺は臨済宗妙心寺派の名刹で、井伊家代々の菩提寺である。

住職の南渓は僧侶には似つかわしくないほどの肝《きも》の太い男で、学問があり、しかも京の情勢や諸国の事情にも通じている。一族の長老として、当主の直盛からも重んじられていた。

むろん、南渓和尚は直姫が出家にいたった事情を承知している。

「よくぞまいられた、姫。井伊家のためとはいえ、辛い決意であったな」

紫檀《したん》の曲彔《きよくろく》に腰を下ろした南渓は、皺の深い重そうな瞼をしばたたかせて言った。

「いささかも辛うはございませぬ。これからは尼として、一族の後《ご》生《しょう》を弔う所存にございます」

「そなた、それでまことに後悔はないか」

南渓が、直姫の顔をうかがうようにのぞき込んだ。

「ございませぬ」

「無理をして、おのれの心に嘘をついておるのではないか」

「この井伊谷の地で、わたくしはもはや無用の存在でございます。俗世に未練などありませぬ」

「そこまで姫の決意が固いのであれば、わしは何も言わぬ。喜んで出家の戒師をつとめよう。しかしのう、ここはひとつ思案じゃ」

南渓はかるく咳ばらいをした。

「そなたも存じておろうが、わが井伊家と今川家のあいだは必ずしもうまくいっておらぬ。ゆくゆく宗家の跡目を継ぐであろう直親も、十一年の長きにわたって流浪の暮らしを強《し》いられたほどじゃ。その直親の身に万が一のことがあったら、井伊家はどうなると思う。跡を継ぐ者もなく、領地は今川家に乗っ取られるであろう」

「さようなことは、断じて許してはなりませぬ」

直姫は強い決意を秘めた目を上げた。

「そなたもそう思うか」

「むろんのこと」

「さればじゃ」

と、南渓和尚が曲彔からわずかに身を乗り出した。

「そなたは女を捨てよ」

「は……」

直姫は南渓和尚が何を言っているのか、一瞬、理解できなかった。得度《とくど》し尼の姿になるということは、すなわち生身の女を捨てるということにほかならないではないか。

（いまさら、何を……）

直姫が押し黙っていると、南渓はさらに言葉をつづけた。

「そなたは尼になるのではない。僧侶となるのだ。身は女ながらも、立場は男。尼ではなく、男の僧侶なれば、井伊家にもしものことがあった場合、還俗《げんぞく》して家を継ぐことができよう」

「和尚さま……」

「すでに名も考えてある。井伊家代々の惣領が継ぐべき名である備中次郎を取り、次郎法師と名乗ってはいかがか」

「次郎法師、でございますか」

「どうだ、嫌か」

「……」

「無理にとは申さぬ。そなたはいままでも十分、井伊家のためにおのれを殺している。このうえ、男になれとは酷《むご》すぎるやもしれぬ」

「いいえ」

直姫は毅然として首を横に振った。

「どのみち俗世を離れ、出家する決意を固めていたのです。男であれ、女であれ、名と姿はどのように変わっても、わたくしはわたくし。

それが井伊家のためになるなら、喜んで仰せに従いましょう」

「よう申した。そなたがまことの男であったら、われらもかような苦労をせずに済んだものをのう」

南渓が言った。

この一件について、『井伊家伝記』は次のようにしるしている。

——女にこそあれ、井伊家惣領に生まれ候間、僧侶の名を兼て次郎法師とは是非無く、南渓和尚御付け候名なり。

むろん、直姫に迷いがなかったといえば嘘になる。仏門に入るばかりでなく、終生、男であることをみずからに課さねばならぬのである。

だが、

(わたくしは、井伊家の惣領。恋に破れ、女であることに何の意味もなくなった以上、家の存続のためにこの身を捧げるのが我が宿命《さだめ》……）

南渓和尚のすすめに従い、直姫は僧侶となった。

世のつねの尼ならば肩のあたりで黒髪を切り揃える尼削《あまそぎ》にするところを、髪をすべて剃り上げ、男の僧侶と変わらぬ姿になった。うら若い、美しい僧侶である。

さすがに長い黒髪を剃り落とされるときには胸の奥が痛んだが、直姫の目に涙はなかった。

直姫あらため次郎法師は、龍潭寺で僧侶としての修行を積み、南渓和尚の教えを受けて、女であったころには触れることのなかった軍学、算学、儒学といった学問にも知識を広めていった。

妙心寺出身の南渓のもとには、諸国に散っている同門の禅僧たちを通じて、天下のさまざまな情勢が入ってくる。

このころ、東国で強勢を誇っていたのは、甲斐の武田信玄、越後の長尾景虎（上杉謙信）、相模の北条氏康、そして駿河の今川義元である。

なかでも、駿河、遠江、三河の東海三ヶ国に覇をとなえる今川義元は、京にいたる東海道筋を押さえているその地理的優位性から、

「もっとも上洛に近い武将」

と言われていた。

義元も母寿桂尼《じゆけいに》が公家の中御門《なかみかど》家の出身であり、みずからも若き日に京の建仁《けんにん》寺、妙心寺などで禅修行を積んでいたことから、上洛への

思い入れが人一倍強かった。

群雄にさきがけて義元が宿願を果たすためには、まず、三河の西の隣国である尾張を攻め取ることが必要となる。

尾張は、諸将のあいだで、

——うつけ
と評判の青年大名、織田信長の領国である。しかし、信長はいまだ一国の統一すら完全には成し遂げてはおらず、今川家にとっては与《くみ》しやすい相手であった。

このとき、今川家では、その隆盛を陰で演出した軍師の太原雪斎はすでに世を去っている。だが、今川義元は、今川、織田両軍の戦力差から、大勝利を確信し、

「尾張へ攻め込むぞッ！」

出陣の陣触れを全軍に発した。

ときに永禄三年（一五六〇）五月のことである。

今川家の傘下にある次郎法師の父井伊直盛も、招集を受けて手勢とともに遠征軍に加わった。

## 五

今川の大軍二万五千は、東海道を西へすすんだ。

これを迎え撃つ織田信長の手勢は、わずか四千あまり。今川軍と正面からぶつかれば、ひとたまりもなく揉み潰されてしまう小勢である。

しかし、戦国合戦史上、まれに見る奇跡がここで起こった。

国境を越え、尾張国に入った今川義元が、桶狭間《おけはざま》付近の田楽《でんがく》ヶ窪《くぼ》で中食《ちゅうじき》（昼飯）を取っていたところ、梅雨《つゆ》の終わりの豪雨をついて信長が今川本陣を奇襲。突然の敵の来襲に今川の旗本隊は必死に防戦したが、対応は後手にまわり、全軍壊滅状態となって、総大将の今川義元は信長の馬廻《うままわり》衆の毛利新介の手によって討ち取られた。

井伊家当主直盛も、乱戦のなかで討ち死にして果てた。

――今川軍大敗
の報は、次郎法師のいる井伊谷の龍潭寺にもほどなく届いた。

「父上が、お討ち死に……」

次郎法師は顔をこわばらせた。

いつどこで何が起きるのかわからぬのが、戦国の世のならいである。

乱世に生きる者である以上、これもまた、受け入れなければならない冷厳な現実であった。

今川軍の大敗による影響もさることながら、当主を失った井伊家は、早急に新たな体制を固める必要があった。

新当主の座についたのは、祝田の地にいた、次郎法師のかつての許婚の直親である。

直親の家督相続には、家老の小野政次《まさつぐ》（政直の子）らの反対もあったが、亡き直盛の祖父で隠居の身だった老齢の井伊直平《なおひら》が後見人となることで、家中の異論をおさめる形となった。

直親は妻子とともに井伊家の居館に入った。

当主となって間もなく、龍潭寺の次郎法師のもとを直親がおとずれた。

「お久しゅうござる」

寺の庫裡《くり》で客を迎えた次郎法師に、直親が頭を下げた。

直親が井伊谷にもどってから、たがいにしいて会う機会もなかったため、子供のころからじつに十数年ぶりの再会である。

顎のあたりに鬚《ひげ》をたくわえ、身の丈も伸びてたくましくなっているものの、直親の色白の顔にはともに遊んだ幼い日の面影が残っていた。

「あいかわらず、お美しい」

顔を上げた直親が、墨染《すみぞめ》の法衣に身をつつんだ僧形の次郎法師を、息を呑むようにして見つめた。

「もっと早くご挨拶におうかがいせねばならぬと思いながら、姫との約束をたがえたわが身がうしろめたく、ついつい先延ばしにしておりました」

「姫ではありませぬ。いまはただの世捨て人にございます」

次郎法師は、やや翳のある微笑を口元に刻んだ。

直親はことさら厳しい顔をつくり、

「何と申したらよいか……。あの渭伊《いい》神社の裏山で申した誓いの言葉、けっして忘れたわけではなかった。しかし、運命のめぐり合わせで法師どのを辛い目に遭わせることになった。このとおり、詫びる」

と、板敷に両手をついた。

「顔をお上げ下さいませ。あなたさまが詫びることなど何もございませぬ。心静かに父や一族の菩提を弔ういまの境涯を、わたくしはかえって感謝しておりまする」

「法師どの……」

「それよりも、今川が織田軍に敗れてよりこの方、東海道筋の情勢は激しく移り変わっております。わが井伊家にとっても、ことのほか舵取りの難しいとき。当主となられた直親さまも、さぞ気苦労の多いことでございましょう」

「そのこと」

と、直親が我が意を得たりとばかりに袴の膝頭をつかんだ。

「じつは本日おたずねしたのは、法師どののご助力を仰がんため。厚かましい願いとは存ずるが、それがしの身に何かあったとき、残された妻と子らの力になってはいただけまいか」

「家督を継いだばかりのあなたさまが、何を不吉なことを仰せられます」

次郎法師は眉をひそめた。

「いや、いまだからこそ、お頼み申しておかねばならぬのだ」

直親は苦渋の表情を浮かべた。

「法師どのの言うとおり、さきのいくさで義元さまが討ち死になされてから、今川家の頽勢は誰の目にも明らか。当主になった嫡男の氏《うじ》真《ざね》さまは、家臣団を統率できる器ではないと世間でもっぱらの評判だ」

「隣国三河では、長く今川家の人質だった松平元康《もとやす》(徳川家康)どのが、こたびのいくさの混乱に乗じて岡崎城に帰還なされたそうにございますね」

次郎法師はなかなかに、周辺諸国の大名たちの動向にくわしい。刻々と移り変わる情勢に神経を研ぎ澄ませていなければ、今後の井伊家の生き残りは難しいと、南渓和尚に教えを受けたためである。

「さよう。岡崎城へ入り、今川家から独立を果たした元康は、早くも今川の属領と化していた三河の領国支配に乗り出している」

「直親さまも、松平元康どのに倣《なら》い、今川家に見切りをつけられては」

次郎法師は言った。

「いや、わしにはとてもできそうにない。今川から独立するどころか、家臣たちの取りまとめにも四苦八苦している」

「小野政次のことでございますね」

父政直のときから一貫して親今川派だった重臣の顔を、次郎法師は思い浮かべた。

「かようなときだ。いつ何があってもおかしくない。わしが頼みにできるのは、次郎法師どのをおいてほかにおらぬ」

「………」

自分を捨てた初恋の男に頭を下げられ、次郎法師は複雑な気持ちになった。

すぐに返事をしなかったのは、次郎法師自身のなかに、女としての部分が、熾火《おきび》のごとく残っていたからであろう。

過去はすべて割り切ったつもりでいたとはいえ、本人を前にすると、かすかなわだかまりがあった。

（井伊家のために、残りの命を捧げると決めたのではなかったのか……）

降りしきる蟬しぐれのなか、次郎法師は迷いを断ち切るように、読《ど》経《きょう》と修行に明け暮れた。

## 六

直親の不安は、やがて現実のものとなった。

永禄五年十二月、井伊家家老の小野政次が、駿府に出向いて今川氏真に会い、

「井伊直親に謀叛の企みあり」

と訴え出た。

政次の行動は、かつて父政直が今川屋形におもむき、主家の一族を訴え出た行動を手本にしたとしか思えない。

小野政次は、井伊直親が三河の松平元康と手を結んで、今川家に叛こうとしている、と讒言《ざんげん》したのである。

三河での独立を果たした松平元康は、この年正月、尾張の織田信長と会見して清洲《きよす》同盟を結び、今川氏真との対決姿勢を鮮明にしている。

この動きに、今川家に属していた西遠江の国人たちのあいだに動揺が拡がりはじめていた。

そんな折、

――井伊直親謀叛

の報が入った。

今川氏真は激怒し、

「ただちに井伊谷へ討伐軍を差し向ける」

と息巻いた。

だが、以前から直親と親交のあった今川一門の新野左馬助親矩《にいのさまのすけちかのり》が、

「何かの間違いということもございます。まずは直親を駿府へお召しになり、当人の口から直接、弁明をお聞きになるべきでありましょう」

と主張してゆずらなかったため、ひとまず討伐軍の派遣は見送られることとなった。

呼び出しを受けた井伊直親は、家臣十九人とともに駿府へ向かった。

直親としては、三河の松平元康の動きには注目しているものの、いまだ元康と結んで今川家に敵対するというほどの肚は固めていない。これまでどおり、表面は今川家に従いながら、

（しばらく時勢の流れを見守る……）

と、静観の構えをとっていた。そのため、駿府へ直接出向いて申し開きをすれば、謀叛の疑いは晴れると思っていた。

しかし、駿府へ向かう途中、遠州掛川《かけがわ》城下に至ったとき、直親一行は突如、掛川城主朝比奈泰朝《あさひなやすとも》の軍勢に囲まれ、抵抗むなしく斬殺された。

事件は今川氏真の指図によるものであった。今川家の立て直しに苦慮する氏真は、遠江国人の動揺を封じ込めるため、見せしめとして井

伊直親を血祭りに上げたのである。

「おのれ、今川めッ！」

井伊谷に、今川家に対する怒りが渦巻いた。

井伊家にとっては、もともと心ならずも従っていた相手である。一族の者を一度ならず、二度までも謀殺に近い形で殺され、押さえ込んでいた不満が、奔流が出口をもとめるように一気に噴き出そうとしていた。

悲報を聞いた次郎法師は、まずおのれを責めた。

（なにゆえあのとき、直親さまの頼みを素直に聞き入れなかったのであろう……）

出家したときも、父が討ち死にしたときも流さなかった涙を、次郎法師はこのときはじめて流した。

井伊家をめぐる情勢は緊迫している。

死んだ直親には、跡取りの男子がいた。当年とって二歳になる虎松《とらまつ》である。

今川氏真は、井伊家を一気に根絶やしにすべく、

「虎松を誅殺せよ」

と、命を下した。

しかし、今川一門の新野左馬助が、この暴挙にまたしても反対し、身にかえて虎松の助命を嘆願した。

「虎松を殺せば、井伊の者どもの怒りは手のつけられないことになりまするぞ。へたをすれば、井伊谷で上がった火の手が、遠州全土に

拡大するやもしれませぬ。なにとぞ、その儀ばかりはお思い止まり下されませ」

「む……」

左馬助の嘆願を氏真は渋々ながらみとめ、虎松は駿府の新野左馬助の屋敷に引き取られることになる。

一方、当主を失い、存亡の危機に陥った井伊家では、次郎法師の曾祖父にあたる一族の長老の直平が当主に返り咲き、急場をしのごうとした。だが、この直平も今川方の謀略により、毒殺されてしまう。

これにより、井伊家の血筋を引く男子は、駿府に引き取られている幼少の虎松のみとなった。

この一族の危機に直面し、次郎法師は大叔父の南渓和尚のもとへ決意を胸に秘めておもむいた。

「今度こそ、わたくしは身も心も、まことの男になりまする」

次郎法師は言った。

「猛《たけ》き男となり、虎松を守ります。それが、井伊宗家に生をうけたわがつとめ」

「俗世へもどると申すか」

「はい」

次郎法師は凛々しくうなずいた。

「わが父直盛は、かつてかように申しておりました。水は形があってなきもの。どのような姿に変わろうと、水は水である。人もそれと同じであると。その言葉、世は移り変わるものゆえ、人もまた流れに合わせて柔軟に生きねばならぬとの教えだと、いまのわたくしは思っております」

「うむ」

「たとえ水のごとく姿を変えても、井の国を、井伊家を守れと申された父上との約束を、いまこそ果たさねばなりませぬ」

「その言葉、待っておったぞ」

南渓和尚がわが意を得たりとばかり深々とうなずいた。

# 七

永禄八年、次郎法師は還俗《げんぞく》。

名を、

――井伊直虎《なおとら》

とあらため、井伊家当主の座についた。

直虎の「虎」の字は、猛き者、強き者をあらわしている。かつて、恋に悩んでいた直姫の姿はそこにはない。

井伊家存続のために闘う、一匹の虎がここに誕生した。

男の姿となった直虎は、今川家と粘り強く交渉し、駿府に留め置かれていた虎松を井伊谷へ呼びもどすことに成功した。

五歳に成長した虎松は、亡き父直親の面影を色濃くとどめ、睫毛《まつげ》が長く色白である。だが、柔和だった父と異なり、いかにも利《き》かぬ気そうな引き締まった口元をした少年であった。

「今日から、わたくしを父と思うように」

前髪《まえがみ》姿の虎松を前にして、直虎は言った。

「父上、でございますか」

「そうじゃ。そなたが一人前になるまで、わたくしはそなたの父代わりとなる。そなたも井伊宗家を継ぐその日まで、学問、武芸の鍛錬に磨きをかけ、井伊谷のあるじにふさわしい武者となるように」

「はい」

虎松は深くうなずいた。

直虎は、虎松をおのが養子に迎えた。これにより、虎松は井伊宗家の嫡統を継ぐ存在となる。同時に直虎は、直親未亡人と娘を庇護し、虎松とともに住まわせた。せめて直親の最後の頼みを果たそうという、直虎なりの気遣いである。

とはいえ、家中の者たちの多くは、じっさいは女である直虎の領国経営の手腕を危ぶんだ。

直虎は龍潭寺にいたころ、「算盤づら」と言われる妙心寺出身の南渓和尚のもとで、経営に関する実学をまなんでいる。

家臣たちの心配をよそに、直虎は井伊谷の領国経営に独自の手腕を発揮しはじめた。

駿府の今川氏真から、

「井伊谷周辺に、徳政令《とくせいれい》を発するように」

と、指示が来た。

徳政令は借金を棒引きにする法令で、金を借りている者にとっては都合がいいことこのうえない。これによって、借り主は一時的に救われるが、借金を踏み倒された貸し手は、徳政令に懲りて貸し渋りに走る。それは、長い目で見ると、結局は経済全体を疲弊させることになる。しかも徳政令が行き渡れば、井伊領への今川家の介入を許しかねない。直虎は、それを恐れた。

今川家からの要請を、直虎は二年にわたって拒否しつづける。

当然のことながら、今川家側は苛立ちをあらわにした。

「このままでは、氏真さまは井伊谷に討伐軍を差し向けられるやもしれませぬぞ」

あるじ直虎を脅すように、家老の小野政次が言った。

「ここはどうあっても、今川家の要請に従っていただかねば、井伊家の将来はないものと思われませ」

政次に押し切られる形で、井伊谷周辺に徳政令は発布された。

じつは、今川家と内通する小野政次には、ひそかな野望があった。

井伊家を井伊谷から追い出し、みずからが支配者となることである。

家臣があるじに取って替わる、すなわち下克上《げこくじょう》といっていい。その野望のため、小野氏は井伊家の力をことごとく削ぎ落とし、弱体化させてきた。

(女が当主の井伊家を滅ぼすなど、赤子の手をひねるより容易じゃ……)

政次は胸のうちでほくそ笑んだ。

永禄十年になり、小野政次がついにその本性をあらわにした。

井伊家を滅ぼすべく挙兵した政次は、直虎、虎松のいる居館を取り囲んだ。小野政次の手勢は三百ほどにすぎないが、今川家からの援兵があり、総勢で一千を超える人数が集まっていた。

対する直虎の井伊勢は、本来なら二千あまりの動員力を持っている。しかし、事前に小野政次に切り崩されていた者があり、居館を守るために集まってきたのは五百に満たない。

今川からの援護を得て意気上がる攻め手に対し、寡勢の井伊方の不利は明らかだった。しかも指揮をとる直虎にとっては、これがはじめての実戦と言っていい。

遠雷のような小野勢の喚声を聞き、さすがに膝頭が震えた。

だが、

（ここで死ぬわけにはいかぬ……）

井伊家伝来の井桁《いげた》の紋を金泥《こんでい》で胴に描いた黒革縅《くろかわおどし》仏胴《ほとけどう》具足に身をかためた直虎は、これまた古くより伝えられる塗りの柄に螺鈿《らでん》をほどこした長巻《ながまき》を手に取り、

「臆してはならぬ。われらのもとには、井の国の神がついておるぞッ！」

声を張り上げ、味方の兵たちを叱咤した。

数にまさる小野勢が、先を争うように斜面を駆け上がり、猛攻を仕掛けてきた。もとより小野政次は、居館の防備の手薄い部分を知りつくしている。

居館の周囲にめぐらした水濠《みずぼり》、空堀《からぼり》や土塁が次々と突破され、三ノ曲輪が敵に奪われた。

「ここは、いっとき居館を捨て、詰めの城の三岳城へ逃れて態勢を立て直すべきではございませぬか」

家臣の一人が、直虎に進言した。

むろん、直虎もそれは考えていた。しかし、ここで簡単に退いては、

「やはり、あれは女よ。いくさはできぬ」

と、敵はもとより、味方にも嘲笑《あざわら》われることになる。

「いや、退かぬ。父祖伝来の居館を守り抜いてみせようぞ」

と叫んだのは、井伊宗家に生まれた直虎の意地であった。

大将の鬼気せまる気迫が伝わったのか、小野勢の総攻めに対し、井伊の兵たちはよく耐え、十日近く持ちこたえた。

思わぬ井伊方の抵抗を知った駿府の今川氏真は、

「たかが女子供を相手に、いつまで手を焼いておる。力攻めに攻めつけて、早々に片をつけぬかッ！」

小野政次に対し、さらに一千五百の兵を加勢として差し向けた。

しかし、力攻めでは井伊方の堅い守りを崩すことができなかったため、小野政次は居館のまわりに鹿垣《ししがき》を結い直し、兵糧《ひょうろう》攻めをはじめた。

井伊の居館には、敷地内に幾つもの井戸があるため水不足に陥ることはない。だが、蔵の貯えにはおのずと限りがあり、二月も籠城するうちに兵糧が尽きてきた。

兵たちは飢えに苦しむようになった。草木を食い、壁に塗り込めた芋茎《ずいき》を掘り出してむさぼり、それでも足りずに蛙やネズミを捕えて食らう者も出てきた。

飢餓は日ごとに深刻の度を増し、籠城方の士気は目に見えておとろえていった。

そのさまに、直虎は心を痛めた。

（これ以上、意地を張って籠城をつづけても、兵たちをいたずらに無駄死にさせるだけであろう……）

直虎は将兵の命の保証と引き換えに、小野政次の前に降伏した。

住み慣れた井伊の居館を明け渡した直虎、養子の虎松らと入れ替わりに、小野政次がそのあとに入り、井伊谷周辺の新たな支配者となった。

直虎は井伊谷を逐《お》われ、虎松や一族をひきいて奥三河へ逃れた。

# 八

流浪の身となった直虎らが身を寄せたのは、奥三河の険しい山岳地帯にある、

——鳳来寺《ほうらいじ》
なる真言密教の古刹であった。

鳳来寺の山内には、薬師如来を祀る本堂を中心に、医王院、藤本院、中谷坊など、その数二十近い僧坊が点在している。

直虎は、龍潭寺にいる南渓和尚の口利きで、医王院の世話になり、そこでひそかに虎松を育てることにした。

国境を越えた隣国三河とあって、さすがの今川氏真も山深い鳳来寺

までは討手を差し向けてこない。

井伊家に残されたただ一人の男子である虎松の成長こそが、(井伊家再興の最後の希望《のぞみ》……)

直虎は、その一念にすべてを賭けた。

事態が急変したのは、一行が鳳来寺へ入ってから三月後のことである。

来るべき上洛戦を睨んで東海筋への進出を狙う武田信玄が、三河の徳川家康(松平元康より改名)に対し、

「今川家の衰退は、いまや明らかなり。ここはわが武田と手を組み、二方向から今川領へ攻め込んで、ひと息に今川氏真を滅ぼそうではないか」

と、呼びかけをおこなった。

独立した大名として実力をつけてきた家康にとっても、それは願ってもない提案であった。

両者の交渉により、今川領のうち駿河国は武田家、遠江国は徳川家が支配下におさめると、領土分割の打ち合わせがなされた。

永禄十一年十二月、武田軍が今川領の駿河へ侵入。すでに今川氏真に見切りをつけていた駿河武士の多くが、戦わずして武田軍に降伏した。

それと時を同じくして、徳川家康も遠州攻略に乗り出した。

徳川軍は、陣場《じんば》峠を越えて井伊谷へ進軍した。このころ、井伊谷周辺には、旧井伊家家臣の菅沼忠久、近藤康用《やすもち》、鈴木重時らがおり、今川家の威を借りる小野政次と対立していた。

家康は、菅沼、近藤、鈴木の三人を事前に調略《ちょうりゃく》。彼らに手引きをさせ、またたくまに井伊谷を席巻した。小野政次は徳川勢によって捕えられ、のちに磔《はりつけ》の刑に処されている。

さらに軍勢をすすめた家康は、遠州一円を手中におさめ、駿河を占領した武田信玄とともに今川領分割を果たした。ここに東海の名門今川家は滅び、氏真は領国を逐われることになる。

長年、今川家の圧迫に苦しんできた井伊直虎にとって、それは天地が入れ替わるほどの激変であった。

しかし、今川家が滅んだからといって、そう簡単に直虎らが井伊谷へ帰還できるわけではない。

家康は、徳川軍を嚮導《きょうどう》した菅沼忠久、近藤康用、鈴木重時の功を大なりとして、
「井伊谷はそのほうらに与えよう」
と、約束していた。井伊谷に入った彼らは、井伊谷三人衆と呼ばれるようになる。
井伊家再興の望みは、これで断たれたかに見えた。
だが、直虎はあきらめない。
むしろ、
（ここからが、まことの戦い……）
と気持ちを奮い立たせ、井伊谷へ帰還する機会をうかがった。
直虎は龍潭寺にいたころの人脈を駆使し、徳川家康の人となりを調

べさせた。

家康は表情がにぶく、めったなことでは他人に本音を見せないが、肚のすわったなかなかの人物であるという。しかも、井伊家と同じように、今川家の支配のもとで長く苦しんだ経験がある。

（もしや、このお方ならば、井伊家再興に賭けるわが思いを理解してもらえるのではないか……）

直虎は、徳川家康という男に、最後の望みを託してみることにした。

直虎がおこなったのは、人を介し、養子虎松を小姓《こしょう》に取り立ててくれるよう家康に願い出ることであった。

かつて井伊家の当主であった井伊直親の忘れ形見ということで、

「ほう、そのような者が生きておったのか」

話を聞いた家康は興味を抱いた。

しかも、その虎松を育てているのは、女から男に姿を変えた、井伊家の姫であるという。

「会ってみよう」

家康はこころみに言い、家臣に対面の段取りをさせた。

天正三年（一五七五）二月十五日、直虎は養子虎松をともない、このころ家康が居城としている浜松をたずねた。

家康はその日、浜松郊外の浜名湖近くの草原で鷹狩りをしていた。生涯、鷹狩りを愛好した家康にとって、初めての鷹狩りであったという。

慣れぬ狩りゆえ、家康の獲物はツグミ一羽だった。

だが、たとえ一羽でも獲ることができれば、人間、気分がよいものである。初めての獲物のほか、事前に鷹匠が用意しておいた雉《きじ》や鴨を狩場焼きにして、家康は野外での宴を愉しんだ。

直虎が虎松ともども、家康の前にあらわれたのは、そのようなときであった。

周囲にめぐらされた葵の紋の幔幕《まんまく》をめくり上げ、直虎は宴の席へすすんだ。幔幕のうちは、雉を焼く煙と香ばしい肉の匂いが立ち込めている。

床几《しょうぎ》に腰を下ろし、酒をあおる武者たちのあいだをすり抜け、直虎は家康の前に片膝をついた。

「井伊直虎にござります」

直虎は緊張した表情で名乗りを上げた。

「おお、そなたが噂に聞く女武者か」

丸みのある太い声が、頭上に降ってきた。

「苦しゅうない。おもてを上げよ」

「はッ」

直虎は顔を上げた。

やや小太りの、大きな金壺眼《かなつぼまなこ》が炯炯《けいけい》と光る壮気に満ちた男がそこにいた。

このとき家康は三十四歳。

後年、天下人となったときの知恵深い老人ではなく、これから天をめざして上っていこうとする男の野心と色気にあふれている。

家康は、背筋を伸ばす直虎に強い視線をそそいだ。

肩衣袴《かたぎぬばかま》の男装である。髪も髷《まげ》を結い、月代《さかやき》を青々と剃り上げている。それでいて、どこにも違和感やいびつさがないのは、直虎の五体から発する爽やかな気のせいであろう。

直虎にじっと見入ってから、家康はそのかたわらにいる十五歳に成長した虎松に目を移した。

「井伊直虎が一子、虎松にございます」

歯切れのいい明瞭な声で、虎松が言った。

「虎松か」

「はい」

「わが小姓に上がりたいとの話じゃが」

「徳川さまのもとで大功を上げ、やがては井伊家を再興したく存じます。それが、わが養父直虎の、そしてそれがしの願い」

「さようか」

家康はうなずき、直虎のほうへ視線をもどした。

「事情はすでに聞いている。いたく苦労されたようじゃな」

「さほどのことはございませぬ。水のごとく柔軟に生きよとの、わが父の教えを守り、ひたすら井伊家のために戦ってまいっただけのこと。その労苦も、虎松が徳川さまのもとにお取り立てていただくことで報われる気がいたします」

「ふむ」

「虎松は、必ずや徳川さまのお役に立つことと存じます。なにとぞ、われらが願い、お聞き届け下さいませ」

虎松とともに、直虎は頭を下げた。

息が詰まるような時間《とき》が流れた。すべては、家康の次のひとことに懸《か》かっていた。

「水のごとく生きよか」

太い息とともに、家康が低くつぶやいた。

「よき言葉じゃ。そなたの思い、わしにもようわかる気がする。幾多の苦難に遭いながら、ここまで井伊家の誇りを守ってまいったとは、そなたはまことの武者じゃな」

家康が言った。

「よかろう。虎松の身柄、わしがしかと預かろう」

「ありがたき幸せ」

直虎は肩を震わせ、感涙にむせんだ。

このあと、家康は直虎にも浜松にとどまるようにとすすめた。

家康は元来、後家などの成熟した色香の女を好む癖がある。三十九歳になる今日まで独身を通し、いまなお清廉な美しさを身にそなえる直虎に、男としての好き心が動いたのであろう。

だが、直虎はこれをきっぱりと断った。

井伊家の再興は、家康のもとに残した虎松に託した。

あとは、

（遠くから、虎松を見守るだけ……）

直虎は浜松をあとにし、ひとり井伊谷の龍潭寺へ去った。

こののち、家康は直虎との約束を守り、虎松を小姓に取り立てた。石高三百石を与えて、名も万千代《まんちよ》とあらためさせている。井伊万千代は、手柄を挙げるため、戦場では矢弾の危険にさらされながら、つねに最前線で戦った。

家康のもと、二十二歳の若者に成長した万千代は、元服して直政と名乗りをあらため、井伊家の当主となっている。本拠地の井伊谷はやがて、直政のもとに返還され、井伊谷三人衆はその与力《よりき》に組み入れられた。

直政の献身的な働きに感じ入った家康は、かつて武田家随一の猛将と言われた山県昌景《やまがたまさかげ》の赤備《あかぞな》えの武者たちをその麾下《きか》に配属させた。

以後、井伊家の軍団は、甲冑すべてを赤で統一して合戦にのぞみ、

――井伊の赤備え
といえば、その名を聞いただけで敵が震え上がった。

関ヶ原合戦後、直政は近江佐和山《さわやま》に十六万石を与えられた。遠州の井伊谷から発した井伊家は、のちに佐和山から彦根三十五万石に移封され、徳川譜代筆頭として大老を輩出する家柄になってゆく。

井伊家発展の陰の存在であった女武者直虎が、養子直政の大出世を見ることなく世を去ったのは、天正十年（一五八二）八月二十六日のことである。法名は、妙雲院殿月泉祐円大姉。死して、直虎はようやく女に戻ったのかもしれない。

墓は、井伊家歴代の当主たちとともに龍潭寺にある。

# 毒まんじゅう

一

徳川家譜代の臣、石川数正《いしかわかずまさ》は清和源氏の出である。

「わが先祖、石川判官代義兼《ほうがんだいよしかね》を存じておるか」

酒に酔うと、数正は必ず先祖の名を口にした。

「存じておりますとも」

と、相手が調子を合わせればよいが、はてと首をかしげようものなら、にわかに不機嫌になる。

「近ごろの若い者は、ものを知らぬ。よいか、そもそも石川家はのう」

相手の迷惑などお構いなしに、長々とした講釈がはじまるのがつねだった。

なるほど、石川家は名門である。清和天皇の末孫にして武家の棟梁八幡太郎源義家の第六子陸奥《むつ》六郎義時が、河内国石川荘を相続し、子孫が石川源氏を称したのにはじまる。

石川数正が、

――わが先祖

と自慢する判官代義兼は、その義時の孫にあたる。

義兼の時代、全盛をきわめていたのは平清盛を棟梁とする平家一門だった。平治の乱で敗れた源氏一門は衰退していた。やがて、諸国の源氏が再興の動きを活発化させるなかで、畿内の河内を根拠地とする石川義兼は平家軍の圧迫を受け、生け捕りにされて京で投獄されるという憂き目にあった。

時代の潮目が変わったのは、源氏一門の木曾義仲が上洛を果たしてからである。

平家都落ちの混乱に乗じ、石川義兼も牢獄を脱出し、石川荘に帰還して挙兵。木曾義仲没落のあと、台頭してきた源頼朝と手を結び、平家討滅に功をあらわした。

「鎌倉将軍となった佐殿《すけ》（頼朝）は、わが先祖を河内一の源氏なりと称賛したそうじゃ。まこと、わが一族の助けなくば、武家の天下は招来されなんだであろう」

そのさまをまるで見てきたように、数正は舌もなめらかに語り、自慢の美髯《びぜん》を撫で上げた。

その後、河内で着実に勢力を拡大してきた石川家が、三河へやってきたのには理由がある。

石川家は、一向宗《いっこうしゅう》（浄土真宗石山本願寺派）の門徒であった。

一向宗をたばねる門主の蓮如上人が教勢拡大のために三河をおとずれたおり、その護衛役をつとめ、いつしか西三河の小川村に根を下ろしたのである。

当時、三河では、

——松平一族

が一国を支配していた。

数正の祖父清兼《きよかね》は、松平清康、広忠《ひろただ》と、二代にわたって仕え、松平宗家の筆頭家老に取り立てられた。

松平広忠と妻於大《おだい》ノ方《かた》のあいだに、嫡男竹千代——のちの家康が誕生したさい、清兼は産褥の外で鏑矢《かぶらや》を射て邪気を払う蟇目《ひきめ》の役をつとめてもいる。

まさに、松平家股肱《ここう》の臣にほかならない。

その清兼の孫の石川数正は、天文二年（一五三三）の生まれ。天文十一年生まれの家康よりも、九歳年上である。

家康がわずか六歳にして岡崎から駿河今川家へ人質に差し出されることになったとき、

天野康景《あまのやすかげ》
平岩親吉《ちかよし》
らとともに、数正も供のひとりとして選ばれた。
家を継ぐべき嫡男が人質に差し出されることになったのは、国の東西を駿河の今川義元、尾張の織田信秀という強豪に挟まれた、弱小勢力松平家ならではの苦渋の決断である。
「よいか、与七郎」
供の人選にあたった祖父の清兼が、元服を果たしたばかりの数正を前にして言った。
「竹千代さまは、松平家の大事な御跡取りじゃ。どのようなことがあっても、命に代えて竹千代さまをお護り申せ」

「はい」

祖父の言葉を、数正は深く胸に刻み込んだ。

命がけで幼いあるじを護らねばならぬ事態は、今川家の屋形のある駿府へ向かう途中で早くも起きた。

三河湾を船で渡った一行は、渥美《あつみ》半島の田原に上陸。その地で、地侍の戸田康光《とだやすみつ》の出迎えを受けた。

年端《としは》のいかぬ主従に、康光は愛想のよい笑顔を向け、

「竹千代さまのおんため、外海の荒波にも耐える船を用意してまいりましたぞ。そちらにお乗り換えになり、まさしく大船に乗った気で駿府をめざされませ」

頼もしげな口調で言った。

ただでさえ、見知らぬ他家へ向かう不安な道中である。

「よろしゅうございましたな」

数正も、ほかの仲間たちとともに、その親切を手放しで喜んだ。

だが、すべては戸田康光のはかりごとであった。主従が乗り込んだ船がたどり着いたのは駿府ではなく、松平氏と対立する織田信秀が領する尾張国の熱田《あつた》であった。戸田康光が家康の身柄を銭千貫文で織田家へ売ったという事実を、数正はずっとあとになって知った。

ともかく、そのときは無我夢中である。

「このまま、わしは殺されるのではないか」

捨てられた仔犬のような家康の怯えた目を、数正は忘れることができない。

供の少年たちのなかでは年嵩《としかさ》の部類であり、もっとも実家の家格が高い数正が、

「わが祖父より、命に代えても若君を守護したてまつれと申しつかっております。万が一のときは、それがしが若君の楯となって斬り死にいたします」

震えるあるじの手を握って、何度も励ました。

「あのおりは、数正が心から頼もしゅう見えたわ」

成人ののち、家康はこのときの記憶を家臣たちに語っている。

織田家に売られた家康は、二年近い歳月を人質として過ごした。その間、家康の父広忠が家臣に刺殺されるという悲劇が起きた。

人質交換によって、一度は岡崎へ帰還を果たしたものの、力なき大

名家の悲しさで、家康は今川家へふたたび人質に差し出されることとなった。十七歳になった数正も、当然のごとくこれに同行した。
今川家の本拠駿府では、その後の数正の生涯を変える、運命の女《ひと》との出会いが待っていた。

二

——駿府国府中
すなわち駿府は、どことなく都びた匂いのする町であった。
政情不安な京を逃れた公卿が、強大な軍事力と経済力を持つ今川氏のもとで繁栄をみせるこの町に、数多く下って来ているせいであろう。
かつ、幼少期を京の禅刹で過ごした今川義元は、都風の文化に理解

があり、その屋形では、庇護下にある公卿たちを集めて、
蹴鞠《けまり》
連歌《れんが》
などの催しが、ごく日常的におこなわれていた。
家康や数正が生まれ育った三河とは、すべてにおいて勝手がちがう。
家康は、この今川家の白粉《おしろい》臭い雰囲気になかなか馴染めずにいたようで、もともと重かった口がいっそう重くなり、
「三河の若殿の垢《あか》抜けぬことよ」
などと、今川家の家臣たちに陰口をたたかれた。
野々山元政《ののやまもとまさ》や、阿部重吉《しげよし》ら、今回の駿府行きから新たに供に加わった者たちも、あるじ同様、駿府の京風文化には染まらなかったが、ひ

とり数正のみは、

（これこそ、わしの求めていたものかもしれぬ……）

と、都ぶりの華やいだ雰囲気に魅かれていった。

数正のなかには、武家の名門清和源氏の末流という誇りがある。三河にいたころは、さほど強く意識することはなかったが、こうして洗練された駿府の空気を吸ってみると、

（わしは、元政や重吉らとは血筋がちがう）

ともに家康に仕える朋輩たちが、ひどく泥臭く見えてきた。

今川家臣たちとの付き合いは、ほかの仲間たちに比べて弁の立つ数正がおこなうことになり、しぜん、あるじの家康も彼を頼りにした。

駿府で暮らしはじめて六年後、元服をすませて、松平元信《もとのぶ》と名乗り

をあらためた家康のもとへ、縁組の話が舞い込んできた。

相手は、今川一門の関口義広《よしひろ》の姫で、今川義元の妹が母という貴種である。

名を、

――瀬名《せな》
という。のちの築山殿《つきやま》である。

「わしは気がすすまぬ」

家康は、数正に胸の内の思いを正直に打ち明けた。

「瀬名どのは、義元どのの姪御じゃ。出自を鼻にかけ、たいそう気位が高い女人とも聞いている。人質とあなどり、わしを見下すのではないか」

「もし、さようなことがあれば、この数正がただではおきませぬ」

数正は、しり込みするあるじを、ことさら声を高くして励ました。

「気位が高いといっても、相手はおなごではございませぬか。会いもせぬうちから恐れていて、何となされます」

「恐れているわけではない。しかし、性《しょう》の合わぬ相手と、一生連れ添わねばならぬわしの気持ちにもなってみよ」

幼いころから人質暮らしが長いだけに、家康にはどこか卑屈なところがある。

「性が合うか合わぬかは、じっさいに添うてみねばわかりませぬ。よろしければ殿の代わりに、それがしが、その姫御前のお人柄を見てまいりましょうか」

「好きにせよ」

家康が投げやりに言った。

そのあくる日、数正は家康が書いた文を瀬名姫に届けるという口実で、駿府の屋形町にある関口家の屋敷をたずねることにした。

むろん、文は家康自身が書いたものではない。

風雅の道にはまるで興味のないあるじに代わり、数正がしたためたものである。武家の名門清和源氏の誇りを胸に抱くだけあって、数正は弓馬の道とともに、和歌や茶の湯、香道などの教養も身につけている。

季節は冬である。

気候温暖な駿府の地では、梅のつぼみが膨らみ、家々の庭に柑子《こうじ》の実が黄金色にみのっている。

（よき土地じゃな……）

数正は、故郷の三河というところがさほど好きではない。なるほど人々は勤勉で生真面目だが、どこかせせこましさがあり、一向宗の教勢が盛んなせいで町が抹香《まっこう》臭い。

それにくらべ、

（駿府はよい）

かすかに潮の匂いを含んだ風を、数正は胸に深く吸い込んだ。

目の前に駿府灘がはるばるとひらけているせいか、人の顔にも荒々しさがなく、どことなく温雅に見える。駿府人に対して頑《かたく》なに心を閉ざす家康や朋輩たちとちがって、数正はこの土地に馴染《なじ》み、溶け込むようになっていた。

関口義広の屋敷は、今川屋形にほど近く、一門衆や都から下ってきた公家たちの屋敷が白塀を連ねるあたりにあった。

関口家の居城は持舟《もちふね》城だが、義元の蹴鞠の相手や、連歌仲間との付き合いもあり、駿府城下にも屋敷を持っている。

豪壮な棟上《むねあげ》門をくぐり、用向きを告げると、数正は奥の間に通された。

香が焚かれている。

(伽羅《きゃら》か……)

高雅な香りにつつまれて、待つこと一刻《とき》(二時間)——。

数正がわずかに眠気をおぼえはじめたそのとき、深紅の牡丹《ぼたん》をえが

いた襖《ふすま》が音もなくひらき、

「待たせました」

湿り気を帯びた声とともに、その人が姿をあらわした。

(おお……)

と、思わず息をのんだ。

数正の目に、その人は菩薩《ぼさつ》のごとく映った。それほど、瀬名姫は美しかった。

年齢は、家康よりも、二、三歳年上であると聞いている。うすい皮膚から血の色が透けて見え、濡れて光る繻子《しゅす》のような唇がかすかに息づいていた。

そのとき、瀬名姫と何を話したのか、数正はよくおぼえていない。

家康自身の意思にかかわらず、縁組の話はとんとんとすすめられ、翌年五月、今川義元の屋形において瀬名姫との婚儀がとりおこなわれた。

この婚姻には、家康を一門に取り込んで、三河を今川領に併呑しようという今川側の思惑《おもわく》があったことを、数正はあとになって知った。

婚儀の翌年の永禄元年（一五五八）――。

織田方の属城となっていた三河寺部《てらべ》城攻めで初陣《ういじん》を果たした家康は、名も元康《もとやす》とあらため、今川家の客将として着々と力をつけていった。

瀬名姫と家康のあいだには、嫡男竹千代（のちの信康《のぶやす》）が生まれ、外から見れば平穏な日々がつづいている。

だが、家康とその家臣団の心中は、必ずしも平穏というわけではない。

三

岡崎にいる松平家の老臣たちは、あるじ家康の国元への復帰と、今川領に組み込まれた旧松平領の返還を、折にふれてもとめていた。だが、義元はいっこうに聞く耳を持たず、三河は相変わらず今川家の属国あつかいである。

一方、瀬名姫と家康の夫婦仲も、けっして順風満帆とは言えなかった。

瀬名姫は数正を相手に、しばしば愚痴をこぼした。

数正は家康の命により、嫡男竹千代の後見役になっている。わが子竹千代のことで、さまざまな相談をするうちに、瀬名姫はしぜん数正に心を許すようになっていた。

「このようなはずではなかった」

その輝きの強い瞳で、瀬名姫は数正を怨めしげに見つめた。

「おぼえていますか、数正」

「は……」

「そなたがはじめてわたくしのもとへ参ったとき、殿よりの恋文と申すものを持参したであろう」

「さようでございましたかな」

それが家康の文でないことを百も承知している数正は、腋《わき》の下に冷や汗をかきながら、そらとぼけてみせた。

「わたくしが殿に嫁ぐことを決めたのは、あの文のたおやかな調べ、在五中将《ざいごちゆうじよう》（在原業平《ありわらのなりひら》）もかくやと思うばかりの見事な和歌に心魅かれたからなのです」

「は……」

「さりながら、夫婦《めおと》になってみれば、殿はわたくしに優しい言葉ひとつかけて下さるでもない。陣中から、文ひとつ送ってくれるでもない」

「殿は戦場で命がけの戦いをしておられるのです。多少のことは、大目に見て差し上げて下されませ」

「つまらぬ」

瀬名姫はため息をついた。

「世の夫婦も、みなかようなものか」

「さて……」

と、数正は額の汗を拭うしかない。

家康の心中は、数正にもおぼろげながらわかるような気がする。なるほど、瀬名姫は美しい。ただ美しいだけの女なら、素直に愛することもできよう。だが、瀬名姫の背後には、つねに今川家がひかえている。

うかつに本音を洩らせば、情報が筒抜けになる。夫婦、親兄弟であっても、いつ寝首を掻かれるとも知れぬのが乱世の現実である。ゆえに、たとえ妻とはいえ、家康は瀬名姫とのあいだに用心深く距離を置いている。

「それはそうと、数正」

瀬名姫が、ふと思い出したように言った。

「侍女どもの話では、そなた河内源氏の出であるそうな」

「いかにも、さようにござりますが」

「奇縁じゃな。わたくしの実家、関口家も河内源氏の流れを汲む吉良《きら》家の縁につらなっております」

「されば、奥方さまとそれがしは先祖を一《いっ》にする同族……」

「そなたのこと、頼りにしております。これからも、わたくしの力になってくりゃれ」

眉のあたりの憂いを一瞬はらい、瀬名姫が大輪の牡丹《ぼたん》の花のように艶冶《えんや》に笑った。

そのとき、数正の胸の奥で何かがはじけた。

(わしは、このお方さまに……)

魅《ひ》かれはじめている——と、数正は思った。

いつの頃からかはわからぬが、おのれのなかで瀬名姫の存在が、他にはは代えがたい大きなものになっていたことに気がついた。

(いかぬ……)

相手が主君の奥方であるだけに、数正は必死にみずからの不埒《ふらち》な慕情を振り払おうとした。

だが、恋は魔物である。

断ち切ろうとすればするほど、その人への思いは深まってゆく。

叶わぬ恋の苦しさから逃れるために、数正は以前にも増して、いっそうあるじへの忠勤に励むようになった。

家康と瀬名姫、そして石川数正の運命を大きく変転させる事件が起きたのは、永禄三年五月のことである。

駿府を発ち、西上の途についた今川義元が、隣国尾張の織田信長の奇襲に遭って、敗死した。

世にいう、

——桶狭間合戦
である。

このとき、家康は今川軍の先鋒として、尾張大高《おおだか》城の兵糧入れを成功させ、織田方の丸根砦を攻略したのち、ふたたび大高城へ引き揚げて来ていた。

一報を聞いた家康は、大高城に腰を据えたまま動かなかった。客将の身として、本来ならば、今川本隊とともに駿府へもどらねばならぬところである。

「わしは駿府へはゆかぬ」

数正ら腹心の家臣団の前で、家康は重大すぎる決断を口にした。

「駿府でなくば、どこへもどると申されるのです」

数正は息をつめ、家康を見つめた。

「決まっておる。三河よ」

「三河へ……」

「わしを縛りつけてきた今川義元は、もはやこの世におらぬ。これぞ、念願であった本国三河へ帰還を果たす、千載一遇の好機ではないか」

家康の言葉に、家臣たちのあいだから、

――うおおッ……

と、うめきにも似た声が湧き上がった。

家康はそもそも、今川家の家臣ではない。弱小とはいえ、独立した大名である。敗走する今川勢と行動を共にする義理はどこにもない。

織田家での人質時代、家康はまだ尾張のうつけ殿と呼ばれていた信長のことを見知っており、桶狭間の奇襲成功の直後から、同盟をもとめる織田家の密使が大高城にやって来ていた。

たしかに、家康が三河へ復帰するなら、この瞬間《とき》をおいてほかにない。

しかし、数正の胸を真っ先によぎったのは大きな不安だった。

「お方さまを……。竹千代さまをどうなされます、殿ッ。殿が今川家にそむけば、お命はござりませぬぞ」

数正は家康に訴えた。

「うむ……」

家康の顔にも、苦悩の色がある。

この機に乗じて、家康が今川家を離れれば、駿府にいる瀬名姫と竹千代、それに生まれたばかりの長女亀姫《かめ》の命の保証はない。

竹千代の後見役として、いや、瀬名姫を心ひそかに恋慕するひとりの男として、それは数正には耐えがたいことだった。

「みなはどう思う」

家康は、酒井忠次、石川家成《いえなり》（数正の叔父。清兼の死後、石川本家を継ぐ）、植村正勝《まさかつ》ら、ほかの重臣たちを見渡した。

難しい判断ではある。

しかし、このさい優先すべきは、今川支配からの脱却ということで、彼らの意見は一致した。

「何も、奥方さまや若君を見殺しにしようというのではない。殿が今川家と対等な関係になったのち、外交によってお身柄を取りもどせばよいではないか」

数正の叔父家成が、冷静な口調で言った。

「奥方さまと若君に、万が一のことあるときは……」

なおも食い下がる数正に、

「そのときはやむを得ぬ。見捨てるしかあるまい」

家康みずからが、腹の底から声を振り絞るようにして断を下した。

## 四

家康とその家臣団は、駿府へはもどらず、三河岡崎城に帰還した。

その翌々年、家康は尾張の清洲《きよす》城下へおもむき、織田信長と会見して、

——清洲同盟
を結ぶ。

この同盟は、信長が本能寺の変で死去するまで二十年の長きにわたってつづく。裏切りが日常茶飯事の戦国においては異例のものとなり、

「家康どのは律義なり」

との評判を呼ぶことになる。

だが、この同盟に激怒した者もいる。横死した父義元の跡を継いだ、今川氏真《うじざね》であった。

氏真は報復措置として、駿府で人質状態になっている家康の妻瀬名姫と、竹千代、亀姫の二人の子を殺すと息まいた。

それこそ、数正がもっとも恐れていた事態である。

(あのお方を死なせてはならぬ……)

数正は家康に願い、今川方との折衝役をかって出た。

恋慕する人を救い出したいとの必死の思いは、交渉にあたる数正の弁舌に思わぬ迫力を与えた。

「さきの三河西郡《にしごおり》城攻めのさい、当方が捕虜とした鵜殿長照《うどのながてる》どのの子息二人を、瀬名姫、竹千代さまらのお身柄と交換いたしたい。受け入れられぬときは、この場で貴殿らと刺し違えて相果てる覚悟だが、ご返答のほどはいかがか」

数正の剣幕に、今川家の重臣たちはたじたじとなった。

交渉は成立し、瀬名姫と竹千代、亀姫は無事、解放された。

「来てくれたのですね、数正」

飛び込んできた瀬名姫のやわらかな体を腕にかき抱いたとき、

（もはや、わしは死んでもよい……）

数正は鼻の奥がじんと痺れるような密かな愉悦を感じた。

思えばこのときが、石川数正の人生における得意絶頂の瞬間であったかもしれない。

数正に護られ、三河岡崎に入った奥方と若君らを、家臣、城下の町衆が総出で迎えた。

そのさまを『三河物語』は、

――石川伯耆守《ほうきのかみ》（数正）は大髯《ひげ》くいそらして、若君を勁馬に乗せ奉り、念《ねん》じ原《はら》へ打ち上げて通らせ給うことの見事さ。何たる物見にも、これに過ぎたる事はあらじとて見物する。

と、しるしている。

四歳の竹千代こと信康を鞍の前輪《まえわ》に乗せ、自慢の美髯《びぜん》をそらせて群衆のあいだをゆく数正の得意や、推《お》して知るべしである。

家康は数正の功をねぎらい、わが子竹千代と感動の対面を果たした。

ただし、家康は同盟者である信長の手前をはばかり、今川一門の妻瀬名姫を岡崎城内には留め置かず、城下を流れる菅生《すごう》川ほとりの築山《つきやま》と呼ばれる小高い丘の上に新邸を建てて住まわせた。

瀬名姫が築山殿と称されるのは、このときからである。

この時期を境にして、築山殿と家康の関係は、それまでとはまるで色合いの異なるものとなった。駿府時代は、家康は今川家に気兼ねをしてつねに妻の顔色をうかがっていたが、彼女が帰るべき実家を失ったいま、もはやそうした必要はない。

思いはしぜん、態度にあらわれ、夫婦仲は以前にも増して冷え切った。

そんなある日、築山殿が、

「聞くところによれば、そなた、殿と織田が清洲で同盟を結びしとき、三河と尾張を足繁く行き来して話を取りまとめたそうだの」

不信に満ちた目を数正に向けて言った。

「いや、それは……」

「どうなのです」

「主命にござりますれば」

数正は首筋の汗をぬぐった。

武骨者の多い三河武士のなかで、教養があり、弁も立つ数正は、家康の外交官的役割を果たすようになっている。清洲同盟においても、信長との交渉が円滑にすすんだのは、数正の功によるところが大きかった。

ただ、それが結果として、築山殿母子の危機をまねいたという事実は動かしがたい。織田軍の奇襲によって伯父義元を殺された築山殿は、信長に対して、根の深い憎しみを抱いてもいた。

「落胆しました。そなただけはと、信じておりましたのに」

「誤解にございます。お方さま。それがしは、何ごとも、お方さまと若君のおんためを思い……」

「もはや、顔も見とうないわ。下がるがよい」

築山殿は、感情の起伏の烈しい女人である。

数正に信を置いているうちは、

（生き身の菩薩か……）

と思われるほど優しい顔を見せたが、ひとたび嫌うとなると、その表情は夜叉《やしゃ》の如く変わる。

竹千代の傅役《もりやく》という役目柄、さすがに顔を合わせぬということはなかったが、築山殿は明らかに数正と距離を置くようになっていった。

（なにゆえ、かようなことに……）

数正は唇を噛んだ。

心の痛みとはうらはらに、数正の家康家臣団のなかでの立場は重くなってゆく。

永禄六年、五歳になった竹千代と織田信長の娘五徳《ごとく》とのあいだに婚約が成立。じっさいの結婚は、この四年後だが、織田との同盟を強化せんとする婚姻の陰にも、石川数正の働きがあった。

この年、西三河で大規模な一向一揆が起きた。

三河の領国支配を確立せんとする家康に対し、
本證寺《ほんしょうじ》
上宮寺《じょうぐうじ》
勝鬘寺《しょうまんじ》
の三ヶ寺が中心となって叛旗をひるがえしたのである。
戦火はたちまち、西三河の全域に拡がった。
三河ではもともと一向宗の教勢が強く、農民ばかりか、家康家臣のなかにも武士の門徒が多い。
蓮如上人について三河へ下ったという由緒を持つ石川家も、三ヶ寺の中心、本證寺の檀家を代表する存在であった。
このとき、数正の父康正をはじめ、石川家の一族の多くは一揆側についた。

しかし、数正は叔父の家成とともに家康方につき、一揆鎮圧に奔走している。

数正にとっては、先祖代々の信仰よりも、幼少のころから苦楽をともにした家康との絆のほうが強かった。宗旨を捨て、家康と同じ浄土宗に改宗している。

やがて、家康は一揆勢を鎮圧。永禄七年、三河一国の平定はほぼ成った。

「そなたのお陰だ、数正」

一族を裏切ってまで、一揆鎮圧に協力した数正に、家康は涙をこぼさんばかりにして謝意をのべた。

「殿……」

数正もまた、感涙にむせんだ。

三河一国の統一を成し遂げた家康は、東三河と西三河を二分し、新たな軍団編成をおこなった。

東三河の旗頭には、酒井忠次。

そして、西三河の旗頭には、叔父の家成が任じられたが、のちに数正がその地位に就いている。

姓を、

——徳川
とあらため、朝廷から従五位下三河守に叙任された家康の、まさに車の両輪、双璧と言っていい存在となった。

## 五

その後の数正の日常は、戦いに次ぐ戦いに明け暮れている。

先年、群雄にさきがけて上洛を果たした織田信長は、天下平定戦を繰り広げつつある。

一方、同盟者の家康は、東へ勢力を拡大。甲斐の武田信玄としめし合わせて今川氏真を破り、遠江《とおとうみ》を領国に組み入れた。

だが、今川旧領の駿河を手に入れた信玄は、家康との約定を破り、遠江をうかがう姿勢をみせた。

家康は居城を遠江の浜松城に移して武田の侵攻にそなえ、三河岡崎城には、石川数正を後見人として嫡男竹千代を入れた。

元服し、信康と名乗るようになった竹千代は、英邁《えいまい》な若者であった。思慕する女人の面影を宿す、すずやかな目鼻立ちの信康を、数正は全力でもり立て、父家康をもしのぐ大器量の持ち主に育てようとした。

なにしろ、信康には、数正自身の将来がかかっている。

徳川家臣団のなかで、家康に従って浜松城に詰めている本多忠勝、榊原康政らに対し、嫡子信康につく数正は岡崎派と呼ばれ、それぞれが競い合うように派閥を形成するようになっていた。

「近ごろ、お母上はいかようにお過ごしでございます」

今川家滅亡以来、気鬱の病と称して御殿に籠ることの多くなった築山殿を案じ、数正は若殿の信康にさりげなく聞いた。

信康は、おのが母に数正が思いをかけていることなどつゆ知らない。

「お加減がだいぶお悪いようじゃ。諸方に手を尽くして名医を探し、施療させておるのだが」

母思いの信康は、眉をひそめて言った。

元亀三年（一五七二）、武田信玄は西上をめざして遠江国への侵攻を開始した。

迎え撃つのは、徳川の先鋒本多忠勝らの軍勢である。本多軍はよく戦ったが、戦国最強をうたわれる武田騎馬軍団に蹴散らされ、浜松城へ逃げ帰った。

信玄の本隊は馬蹄の音を響かせ、家康のいる浜松城からわずか四里離れた、二俣《ふたまた》城にせまった。

家康は、数正ら家臣たちとともに籠城の決意をかため、態勢をととのえて武田勢の来襲を待ち受けた。

だが、老獪《ろうかい》な信玄は、浜松城をわざと素通りして、家康を城の北方に広がる三方ヶ原《みかたがはら》へおびき出し、騎馬軍団に有利な野戦へ誘い込んだ。

いわゆる、

――三方ヶ原の戦い

である。

結果は、徳川勢の大敗北であった。命からがら浜松城へ逃げる家康を守り、数正はともに馬を走らせ、なんとか城にたどりついた。

三方ヶ原合戦に勝利した信玄は、そのまま西上をつづけた。

だが、三河野田城を落としたあと、信玄は突如その動きを止め、信濃へ引き返した。

(何かあった……)

茫然とする主従のもとに届いたのは、信玄死去の報だった。信玄は病をおして上洛戦をおこなっていたが、ついに力尽きたのである。

その後も数正は、長篠《ながしの》の合戦をはじめ、武田方との戦いで幾多の実績を残した。家康の信頼は揺るぎなく、家中で存在感も重みを増している。

数正の人生に危機がおとずれたのは、天正七年(一五七九)、四十七歳のときである。

岡崎城で、ひとつの紛争が持ち上がった。

主役となったのは、城主信康と母の築山殿、そして織田家から嫁いできた信康夫人の五徳《ごとく》である。

世間の例に洩れず、姑の築山殿と嫁の五徳は仲が悪い。それも、誇り高い築山殿と苛烈な気性の信長の血を引く嫁とあっては、その仲が尋常であるはずがない。

事件は、気鬱の病の築山殿に、甲斐から流れてきた減敬《げんけい》なる唐人《とうじん》の医者が近づいてきたことからはじまる。

減敬は築山殿の病を治してその心をつかみ、しだいに内々の相談ごとにまであずかるようになった。

ある日、減敬が築山殿の耳もとでささやいた。

「信康さまと五徳さまのあいだには、姫御前が二人おわすが、いまだ徳川家の世継ぎたるべき男子がお生まれになっておられませぬ。ここは、お方さまから信康さまに側室をおすすめになったほうが、お家のためによろしかろうと存じまするが」

嫁以外の女を息子にすすめるという減敬の言葉に、築山殿の心はあやしく燃え立った。

（これで、信康と五徳の仲を裂くことができるやもしれぬ……）

大家康と疎遠になって久しい築山殿の心には、息子夫婦に対して屈折した思いがある。

築山殿は、減敬が連れてきた甲斐出身の美女を信康のもとにつかわした。思惑どおり、信康はこの女に夢中になり、五徳との仲はしだいに険悪になっていった。

減敬はさらに、築山殿に恐ろしいことを言った。

「お方さまは、五徳さまを織田家へ追い返したいのでございましょう」

「いかにも、そのとおりじゃ。信長めは、わが夫をまるで臣下のごとく顎で使うておる。五徳も実家の威を笠にきて、態度が鼻もちならぬ。目の前からおらぬようになれば、どれほどせいせいすることか」

「ならば、よき手がございます」

減敬は、築山殿の息子信康に、信長、家康と敵対する武田勝頼と手を結ばせることをすすめた。

「武田家は、勝頼さまの代になってより、謙信の跡を継いだ上杉景勝と甲越同盟を結んでおります。この同盟に、信康さまも加わられてはいかがか」

滅敬が提案したのは、東国の若手武将による三国同盟である。父家康を隠居させ、信康が新たな徳川家の当主となって、武田勝頼、上杉景勝と同盟を結び、共通の敵として織田信長に当たる。

（さすれば、あの憎き嫁を追い出し、今川家のかたき信長を滅ぼすこともできよう……）

築山殿の頭には、夫家康への情愛はすでにない。むしろ、自分から華やかな暮らしを奪い、寡婦のごとき立場に追いやった家康に、憎しみすら抱いていた。

信康があずかり知らぬまま、話は水面下で進行した。

そのようなとき、嫁の五徳が反撃に転じた。

実家の父信長に対し、夫信康の不行跡と姑築山殿の非道を訴えたのである。

「築山殿は、減敬を通じて武田に内通しております」

娘の訴えに、信長は書状を持参した徳川家臣の酒井忠次を、

「これはいかなることか」

眉を吊り上げて詰問した。

忠次は、はかばかしい申し開きをすることができず、激怒した信長は、

「築山殿と信康を処断するよう、家康に申しつけよッ！」

甲高い声を張り上げて命じた。

酒井忠次は恐れおののき、ただちに浜松城の家康のもとへ駆けつけた。

家康にとっても、寝耳に水の話である。

「数正を呼べッ」

家康は、信康の後見人である石川数正を呼びつけた。

「かような仕儀になっておったこと、そなたは存じていたのか」

家康の大きな金壺眼《かなつぼまなこ》が、数正をえぐるように見た。

「いえ……」

知らぬわけではない。

じつを言えば、減敬と築山殿の仲があやしいと、五徳に注進したのは、ほかならぬ数正自身なのである。

(わしのお方さまと……)

出会いから長い歳月が流れたとはいえ、築山殿は数正の初恋の人である。その人への裏切りに数正を走らせたのは、嫉妬のなせるわざであった。

「信康の後見人である以上、知らぬ存ぜぬは通らぬぞ。織田どのの怒りを鎮めるため、そなたにも腹を切ってもらわねばなるまい」

「殿、それがしは……」

数正は思わず声をうわずらせた。

「岡崎の件、かような大ごとになるまで見過ごしていたのは、それがしの手抜かりでございました。このうえは、わが責任において、ことの始末をつけまする」

「うむ……」

家康は高度な政治的判断から、信長の怒りをおさめるには、信康と築山殿を処断するしかないと腹をくくっている。だが、みずからの手でそれをおこなうには、さすがにしのびなかった。

「されば、そなたにすべてをまかせよう」

「おまかせ下さいませ」

数正は、家康の意を受け、事件の鎮静化にあたった。

当事者の唐人減敬は、事件発覚後、甲斐へ逃亡。信康は二俣城に幽閉され、築山殿は岡崎城から浜松城へ身柄を移されることとなった。

岡崎を発つとき、輿《こし》に乗った築山殿は、門の陰で見送る数正を目ざとく見つけ、

「裏切り者ッ！」

呪うような言葉をするどく放った。

浜松へ護送される途中、築山殿は遠江富塚《とみつか》の地で、家臣たちの手にかかって果てている。また、信康は身の潔白を叫びつつ、二十一歳の若さで自刃した。

信康の後見人だった石川数正もまた、事件に連座して失脚するかに思われた。

だが、家康は何の咎めも下さなかったばかりか、信康亡きあと、城主不在となった岡崎城の城代に数正を任じ、以前と変わりなく重用しつづけた。

六

天正十年、本能寺の変が起きた。

このとき家康は、信長の招きで上洛し、泉州堺に滞在していた。従う家臣は、わずか三十四人。そのなかには、酒井忠次、本多忠勝らとともに、石川数止もいた。

「明智が謀叛とは……。いかがなされます、殿ッ」

家臣たちは、目の底をぎらつかせて家康を見た。

一瞬の躊躇も許されない。

混乱のなか、家康は本国三河への帰還を決断。各地で土一揆の蜂起があり、野盗が跋扈《ばっこ》するなか、伊賀越えの道で伊勢白子《しろこ》にたどり着き、そこから船で三河に生還した。

その後の家康の行動は早かった。

信長の死で、権力の空白が生じた甲斐、信濃両国を攻め取り、それまでの三河、遠江、駿河とあわせ、五ヶ国の太守にのし上がった。

しかし、上方では、家康以上の離れ業を演じた男がいる。

織田家重臣の羽柴秀吉である。

本能寺の変勃発のとき、秀吉は備中高松城で水攻めをおこなっており、後詰《ごづ》めに駆けつけた毛利輝元《てるもと》と対陣中であった。

信長死すの報を聞いた秀吉は、急遽、毛利方との講和を取りまとめ、軍勢をひきいて上方をめざした。

その後、明智光秀と山崎で戦ってこれを破り、織田家中の実力者だった柴田勝家を賤ヶ嶽《しずがたけ》で撃破して、信長の後継者の地位を力でもぎ取った。

「数正、そのほう秀吉のもとへゆけ」

家康は、徳川家の外交官である数正に命じた。

信長とは長期にわたり緊密な同盟関係をつづけてきた家康であったが、その覇道を受け継ぐ存在となった秀吉といかに対していくか——今後の天下を占ううえでも、きわめて重要な外交課題である。

「喧嘩を売りにまいるのでございますか」

卑賤の身から成り上がったという秀吉に対し、数正にはかるい侮りの気持ちがある。遠目ながら、戦場で何度か見かけたことがあるが、その顔は評判どおり猿によく似ており、ひどく土臭かった。

「ばかめ、最初から喧嘩を売りにゆく手があるか。まずはそろそろと、相手の腹を探ってまいるのよ」

家康は、賤ヶ嶽の戦勝祝いの名目で、数正に茶道具の肩衝《かたつき》をゆだねた。

名を、

――初花《はつはな》

という。

楢柴《ならしば》肩衝、新田《にった》肩衝と並ぶ、天下で三本の指に入る肩衝で、もともと信長が所有していたものを、松平家の一族、松平念誓《ねんせい》が入手し、その後、家康の手に渡っていた。

「家康に茶道具なし」

とよく言われるが、家康はひたすら実学を重んじ、風流の趣味はない。数寄者《すきしゃ》なら手放すことのできぬ初花肩衝も、家康にとっては贈答品のひとつにしかすぎない。

これに対し、風流の心得のある数正は、

(たかが成り上がり者相手に、殿も惜しいことをなさる……)

と、不満の思いを抱きながら、近江長浜城で骨休みをしている秀吉のもとへ、使いとして出向いた。

「やあやあ、これは見事な品を」

数正が初花肩衝を献上すると、秀吉は真っ黒に戦場灼《や》けした顔をパッと明るく輝かせて、大仰に喜んだ。

こうして間近で眺めてみると、秀吉という男には、あるじの家康にはない、陽性の、

――気
がある。愛嬌と言ってもいいかもしれない。

「どうじゃ、この紫色がかった地釉の美しさよ。肩から胴にかけての黒い釉景色も、何とも味わいがある。のう、宗易《そうえき》どの」

秀吉は、側近の石田三成と並んで座している、黒い胴服を着た茶人に、子供のような無邪気さで問いかけた。

千宗易、のちの利休である。

「まさしく、天下の大名物《おおめいぶつ》。見ているだけで、言葉を失いまする」

宗易は控えめな態度で言った。

「そうであろう、そうであろう」

と、秀吉はすこぶる機嫌がいい。

「ときに、ご貴殿は、武家の名門河内源氏の出と聞くが、それはまことか」

「はい。わが祖は、河内源氏の石川判官代義兼にございます」

「おお、なんと。鎌倉将軍頼朝公より、河内一の源氏なりとお褒めの言葉を頂戴した、あの武名高き石川判官代義兼か」

「わが先祖の名をご存じでございましたか」

数正は、わずかに眉を動かした。

「知らいでか」

秀吉は深くうなずき、

「徳川どのがつくづく羨ましい。そなたのごとき、よき家臣をお持ちとは。いや、ここだけの話、わしのまわりには、木曾川の川筋で川稼ぎをしていた者やら何やら、がさつな者が多くての。毛並みのよい家臣は、それだけで家の宝じゃ」

何のことはない。

当の秀吉自身、その木曾川の川並衆《かわなみ》にまじって、あたりをうろついていたところから身を起こしたのだが、そのようなことはおくびにも出さず、ひたすら数正の出自のよさを褒めちぎった。

歯の浮くような言葉も、秀吉の口からこぼれると、心地よい楽《がく》の調べのように聞こえた。この男の持つ独特の愛嬌と、高貴の血への憧れが溢れているせいであろう。

数正はいつしか、秀吉に好意を持ちはじめているおのれを感じた。

初花肩衝を贈られた秀吉は、返礼として家康に不動国行《ふどうくにゆき》の刀を贈った。

「数正どの。石川家伝来の金の馬簾《ばれん》の馬標《うましるし》は、たいそう見事なものと聞いている。一度、拝見させていただきたいものよのう」

馬簾とは、房の多いまとい（ヽヽヽ）のような形状をした馬標のことで、石川家伝来のそれは金色に輝くさまが圧巻だというので、諸将のあいだで評判になっていた。

「かたじけなきお言葉」

「見るだけでなく、いっそわしに、その金の馬簾の馬標をくれぬか。わしは、黄金色に輝くものが好きでのう」

「いや……」

いかに秀吉の所望でも、あるじの許しを得ずして、勝手なまねはできぬと思ったが、ついつい相手の笑顔につり込まれ、

「名誉にございます。喜んで献上させていただきまする」

家康の外交官にあるまじき言葉を口走っていた。

秀吉はおおいに喜び、返礼として黄金十枚を数正に与えた。

浜松城に帰城した数正は、ことの次第を家康につつみ隠さず報告した。金の馬簾の馬標の代わりにもらった黄金十枚を家康に差出し、

「いかにその場の成り行きとはいえ、これはそれがしが受け取るべき金子ではございませぬ。なにとぞ、殿がよしなにご判断を」

と、裁量をあおいだ。

家康は一瞬、小鼻のわきに皺を寄せ、

「そのほうがたまわったものだ。受け取っておくがよい」

と、投げつけるような表情で言った。

あるじの不機嫌を察した数正は、すぐさま使者を立て、黄金十枚を

秀吉のもとに返上している。

## 七

賤ヶ嶽の戦勝祝いの使者となってから、数正は対秀吉外交を一手にまかされるようになった。

この時期の秀吉は、日の出の勢いにある。

おのが天下取りの居城として大坂城の築城をはじめ、城下を整備し、上方経済の中心となそうとした。

一方、徳川家臣団のなかでは、急成長する秀吉を警戒し、敵対視する気運が高まっていった。

ことに、秀吉と対立するようになった信長の次男織田信雄《のぶかつ》が、家康

に加勢をもとめてくると、

「いまこそ好機でございますぞ、殿。秀吉めに目にものみせてくれましょうぞ」

酒井忠次らは、家康に軍事行動をうながした。

主戦派が多い家臣団のなかで、ひとり数正のみは、早急な対決に慎重な意見を持っている。

「勢い盛んないまの羽柴どのと対決することは、けっして得策とは思えませぬ。どうか、ご自重を」

「おぬし、黄金十枚で秀吉にまるめ込まれたか」

酒井忠次が皮肉を言った。

秀吉からもらった黄金は、とうに返上しているのだが、一度はそれを受け取ったという事実は消えることがない。

数正がいかに和平を主張しても、それに賛同する者はいなかった。

（この、井の中の蛙《かわず》めが……）

数正は唇を噛んだ。

おのれは外交の場で、長年、場数を踏んでいる。けっして、秀吉に丸め込まれたわけではなく、決戦回避は、徳川、羽柴双方の力関係を視野に入れての、正当な主張である。

それが、

（三河の頑固者どもにはわからぬ……）

かつて、数正はこれに似た孤立感を経験したことがあった。

人質となった家康とともに、駿府へ行ったときである。数正ひとりは駿府の明るい風土に溶け込み、馴染んでいったが、ほかの仲間たちは、冷やかな目で眺めていた。

あのとき、数正の孤独を救ったのは、瀬名姫の存在だった。そして、いまの自分を正しく評価してくれるのは、敵方の、

(秀吉のみか……)

数正は、河内源氏の血筋に目を輝かせた秀吉の笑顔を懐かしく思った。

家康は、織田信雄を手助けするという名目で出陣。尾張の小牧《こまき》山に陣取り、秀吉軍と対峙した。

――小牧・長久手《ながくて》の合戦

である。

両軍、みずからは積極的に仕掛けず、緊張した睨み合いがつづいた。一度、あるじ不在の三河岡崎城を衝こうと、秀吉方がひそかに兵を繰り出したが、家康はこれをいち早く察知。長久手の地で急襲して、勝利をおさめた。

合戦らしい合戦はそれだけで、開戦から八ヶ月後、織田信雄と秀吉の手打ちによって出兵の口実を失った家康は、本国へ軍勢を引き揚げた。

その後は、両雄の外交による戦いがつづいた。

軍配は、政治力によって西国の毛利、東国の上杉を傘下に引き入れた秀吉の側に上がった。

これ以上の武力衝突は、

（もはや意味をなさぬ……）

と判断した家康は、十一歳になる次男の於義《おぎ》丸（のちの結城秀康）を大坂の秀吉のもとへ差し出すことにした。

秀吉の養子になるという建前だが、じっさいのところは人質である。

このとき、於義丸を大坂まで連れて行ったのは、秀吉方に外交窓口を持つ石川数正であった。

数正は、自身の嫡男三九郎《さんくろう》（のちの康長）を於義丸とともに、人質として秀吉に差し出した。

「おお、さすがは数正どのじゃ。この秀吉、一生の恩に着る。三九郎どののことも、わが子同然に篤く遇そう」

秀吉は、於義丸、三九郎に、金平糖《こんぺいとう》や有平糖《あるへいい》など、めずらしい南蛮菓子を与え、みずから南蛮渡りのラッパを吹いてみせるなど、下へも置かぬほどの大歓待をした。

（さすが、秀吉どのじゃ……）

そのさまを見て、数正は秀吉に肩入れしたおのれの判断が間違っていなかったことを確信した。

その夜——

秀吉は、数正ひとりを茶会の席に呼んだ。

三畳の狭い小間《こま》の茶室には、秀吉側近の石田三成が侍《はべ》っているだけの、ごく内輪の茶席である。

茶を服しながら、このうえは家康どののご上洛を願いたいと、外交の根まわしをおこなったのち、秀吉は数正に容易ならぬ言葉をささやいた。

「どうじゃ。そのほう、わしの家臣になる気はないか」

「羽柴さまの直臣《じきしん》……」

「いかにも」

秀吉は、いつもの人懐こい笑みを浮かべながらうなずき、

「石川家の本貫の地、河内石川荘を所領として遣わそうぞ。そなたほどの器量の持ち主、いつまでも陪臣《ばいしん》でいるには惜しい。大名にならぬか」

子供の目の前に、金平糖でもぶら下げるように言った。

「さ、さりながら、それがしは……」

ことのあまりの重大さに、数正は声を詰まらせた。

「あるじを裏切れぬか」

秀吉が、数正の目をのぞき込んだ。

「は……」

「はは、冗談じゃ、冗談」

秀吉は喉をそらせて笑った。

数正が辞去したあと、秀吉は石田三成と別室に籠って密談した。

「石川数正を寝返らせたいのでございますか」

怜悧な目をした三成が聞いた。

秀吉はにやりと笑い、

「あの男は、忠義づらをよそおっているが、存外、弱い男じゃ」

乾いた口調で言った。

「しかし、数正は徳川どのとは幼少のころよりの竹馬の友。そう易々と誘いに乗りましょうか」

三成が首をかしげると、

「仕掛けようによっては、あやつは毒まんじゅうでも喜んで食らいつく。忠義、忠義と口では言いながら、ぎりぎりのところで利に誘われる心の弱さがあると、わしは見た。つまるところ、わが身がいちばん可愛い」

秀吉は、数正という男をそう分析した。

「それにしても、不思議議じゃのう。家康ほどの男が、あの者の本質を見抜けず、いまだに重用しておるとは……。いや、まことに、人とはおもしろきもの」

扇で膝をたたき、秀吉はからからと笑った。

上方からもどった数正は、上洛をもとめる秀吉の言葉を家康につたえた。

上洛するということは、すなわち秀吉に臣下の礼をとるということにほかならない。家臣たちは激怒し、話を持ち帰った数正を、

——秀吉に飼い馴らされた犬

とまで罵った。

「おのおのがた、大局を見られよ。ここは殿にご上洛いただくしか、生き残りの手はあるまい」

数正は必死に説いた。

その数正に、家康は、

——我、寡兵なりといえども、何ぞ大兵を畏《おそれ》んや。(『寛政重修諸家譜』)

と言い放ったという。

家康自身、秀吉の天下統一の流れには抗し難いと理解しているものの、数正に大局を見よなどと言い立てられると、なお意地になる思いがあったのであろう。

石川数正が、妻子、家臣ら、百余名とともに、岡崎城を出奔《しゅっぽん》したのは、天正十三年十一月十三日のことである。

家康をささえる重臣のひとり、石川数正の出奔は、徳川家臣団に大きな動揺を与えた。

家康は急ぎ、浜松城から岡崎城に移り、対策を練った。

もっとも恐れたのは、徳川家の内実を熟知する数正の口から、軍事機密が秀吉側に洩れることである。

それまで家康は、酒井忠次、石川数正を旗頭とする両備えに、旗本備えを加えた三備えの軍制を布《し》いていた。

家康は、

（わしも三河の小大名であったころとは立場が違う。そろそろ軍制を変えねばと思っていた、これを機に大ナタを振るうか……）

武田信玄の軍制に学んで、領国五ヶ国の将兵をすべて加えた、侍大将八人による先手と後備え、大番六組の旗本備えに拡大強化をし、家臣団の刷新を図った。

主を裏切り、大坂へ奔った数正を待っていたのは、案に相違した、秀吉の冷たい態度だった。

「ほう、あの者がのう」

報告を受けても、たいして興味なさそうにつぶやいたきり、数正に会おうともしない。

口さがない京の町衆も、

徳川の家に伝わる古箒《ふるほうき》
今は都の木下《きのした》を掃く

家康の掃き捨てられし古箒

都に入りて塵《ちり》ほどもなし

などと落首を詠んで、裏切り者の数正を皮肉った。

数正出奔の翌年には、家康自身が上洛し、秀吉に臣従を誓っている。これにより、数正という古箒は、秀吉にとって何の利用価値もないものになった。

数正は秀吉から和泉国に采地を与えられ、秀吉の直臣団のうちに組み入れられた。その後、秀吉が天下統一を果たすと、信濃国松本城八万石に封ぜられている。

松本に移った数正は、浄土宗を捨て、もとの一向宗に宗旨変えしたと記録にはある。

一向宗門徒、築山殿、信康、そして家康と、その生涯で多くの者を裏切りつづけてきた石川数正は、文禄二年（一五九三）、秀吉による唐入《からい》りがおこなわれるなか、六十一歳で世を去った。

跡目は、長男の康長が継いだ。

だが、徳川の世となった慶長十八年（一六一三）、康長は大久保長安事件に連座して改易に処せられた。

大久保長安の息子藤十郎の妻が、康長の娘であった縁によるものだが、家康にとっては、石川家は、おのが目の黒いうちに潰しておきたい家のひとつであったにちがいない。

本書は、株式会社文藝春秋のご厚意により、文春文庫『常在戦場』を底本としました。但し、頁数の都合により、上巻・下巻の二分冊といたしました。

常在戦場　上
（大活字本シリーズ）

2021年5月20日発行（限定部数700部）

底　本　文春文庫『常在戦場』

定　価　（本体2,800円＋税）

著　者　火坂　雅志

発行者　並木　則康

発行所　社会福祉法人　埼玉福祉会

埼玉県新座市堀ノ内3—7—31　〒352—0023

電話　048—481—2181

振替　00160—3—24404

印刷製本所　社会福祉法人　埼玉福祉会　印刷事業部

ISBN 978-4-86596-423-3

# 大活字本シリーズ発刊の趣意

現在，全国で65才以上の高齢者は1,240万人にも及び，我が国も先進諸国なみに高齢化社会になってまいりました。これらの人々は，多かれ少なかれ視力が衰えてきております。また一方，視力障害者のうちの約半数は弱視障害者で，18万人を数えますが，全盲と弱視の割合は，医学の進歩によって弱視者が増える傾向にあると言われております。

私どもの社会生活は，職業上も，文化生活上も，活字を除外しては考えられません。拡大鏡や拡大テレビなどを使用しても，眼の疲労は早く，活字が大きいことが一番望まれています。しかしながら，大きな活字で組みますと，ページ数が増大し，かつ販売部数がそれほどまとまらないので，いきおいコスト高となってしまうために，どこの出版社でも発行に踏み切れないのが実態であります。

埼玉福祉会は，老人や弱視者に少しでも読み易い大活字本を提供することを念願とし，身体障害者の働く工場を母胎として，製作し発行することに踏み切りました。

何卒，強力なご支援をいただき，図書館・盲学校・弱視学級のある学校・福祉センター・老人ホーム・病院等々に広く普及し，多くの人人に利用されることを切望してやみません。